Escuela para nuevos ricos | Novela escrita en 1939
Copyright ©LaCuadraÉditions2021
139 Rue d'Alésia 75014 Paris
Producción | MEL Projects
Impresión | Amazon KDP
Depósito legal | Octubre 2021
Diseño de portada | Grégoire Dalle

ISBN: 979-8487511898

Luisa María Linares

ESCUELA PARA NUEVOS RICOS

La Cuadra
— ÉDITIONS —

La cuadra es el lugar donde crecemos compartiendo entre vecinos discos, libros y a veces besos...

La Cuadra Éditions nace de este espíritu, del deseo de reeditar los libros de la novelista española **Luisa María Linares** (1915-1986) para hacerlos redescubrir o descubrir al público contemporáneo.

Reina de las comedias románticas sofisticadas, **Luisa María Linares** escribió más de treinta *bestsellers* entre 1939 y 1983. Traducida a varios idiomas, su obra fue objeto de numerosas adaptaciones al cine y al teatro.

Luisa María Linares nos toca el corazón con historias llenas de ternura y espontaneidad, donde la fuerza del amor viene a trastornarlo todo. Bajo su pluma brillante, la imaginación, el encanto y el humor están siempre presentes, y el ritmo de la trama nunca para.

La Cuadra Éditions publica, para comenzar, cinco de sus libros más vendidos, con ediciones en español y en francés. Placeres de lectura imperdibles para quienes aman las historias de amor divertidas y entrañables, dinámicas y apasionadas.

Lacuadraeditions.com

I

UN CHICO ENAMORADIZO

Si se preguntase a un numeroso grupo de muchachas su opinión sobre Max, responderían a coro invariablemente que pertenecía a «ese especial tipo de hombres al que jamás dan calabazas las mujeres». Como nota discordante, unas cuantas responderían indignadas que Max era un monstruo y un malvado. Pero a estas no había que hacerles caso, pues formaban parte del grupo de celosas y despechadas, grupo tan numeroso, que el acusado podía vanagloriarse de poseer un montón de enemigas irreconciliables en las cinco partes del mundo.

Esto era inevitable, y Max lo sabía. Así venía ocurriendo desde que, a sus catorce años, hizo la primera declaración de amor a una compañera del Instituto, prontamente olvidada.

En realidad, no era Max tan maravilloso como sus admiradoras opinaban ni tan censurable como las otras pretendían. Simplemente, un hombre de veintiséis años, sano y optimista, con mala cabeza y excelente corazón. Y en lo físico, un metro ochenta de estatura, unos hombros anchos, desarrollados por el deporte, y un rostro moreno

—a juego con el cabello—, en el que contrastaban los ojos, rabiosamente verdes y un tanto impertinentes.

Lo mismo si viajaba por Filipinas que por Canadá o por el Sahara, encontraba fatalmente un bullicioso grupo de amigos que le gritaban, contentos de verle:

—¡Caramba, Max! ¿Tú por aquí...? ¿Qué buen viento te trae?

Y Max, invariablemente, respondía también:

—He venido hace tantos días, trabajo en tal cosa y me iré en cuanto me aburra.

Y tal como lo decía lo practicaba. Su inquieto espíritu impelíale a abandonar de pronto ocupaciones y lugares y marchaba a otros países, dejando sin pena trabajos, amigos... y novias. Esto era lo que las mujeres no podían perdonarle.

No se le conocía fortuna personal, pero tampoco deudas, ya que se dedicaba a mil trabajos heterogéneos, en los que indudablemente malgastaba una inteligencia poco vulgar, y se contentaba con ganar lo suficiente para vivir, sin pensar en el día siguiente.

En la actualidad encontrábase en España, su patria, donde su incondicional amigo Leopoldo Rull, alias Leo, dueño de una regular fortuna que esforzábase en tirar del modo más tonto posible, le propuso formar parte de la redacción de un nuevo periódico, *Horas Modernas*, a punto entonces de salir a la luz. Max, que en aquellos días no encontraba cosa mejor que hacer, aceptó el ofrecimiento y se instaló provisionalmente en Madrid, dedicándose de lleno a la honorable profesión de periodista. Pero, a pesar de su esfuerzo, *Horas Modernas* no se habría mantenido en circulación a no ser por la generosidad de su fundador, el sin par Leo, que enviaba siempre a punto el dinero que faltaba para pagar el alquiler de la imprenta. Y *Horas Modernas* salía adelante, lanzando a la calle sus páginas húmedas de tinta, con brillantes artículos firmados por Max, en los que a menudo solían leerse frases como esta:

«La vida semeja un calcetín deshilachado...».

Jamás explicaba el joven en qué se parecía la vida a un calcetín deshilachado, pero sus escasos lectores lo aceptaban sin discusión, gracias a lo cual iba él pagando regularmente a la patrona.

Su nombre completo era Máximo Reinal, y hasta él mismo lo habría olvidado —ya que todo el mundo le llamaba Max— de no haber tenido que firmar a menudo documentos oficiales: cartas de trabajo, pasaportes, etc. Solo tenía un pariente, tío Benjamín, hermano de su padre —muerto este con su esposa en la niñez de Max—, y rara vez solían verse, lo cual no dejaba de ser una ventaja, ya que ambos aprovechaban aquellas contadas ocasiones para reñir furiosamente por nimiedades y separarse jurando que habían muerto el uno para el otro. Porque tío Benjamín era, como su sobrino, un hombre de carácter y no soportaba que aquel tarambana no sentara la cabeza para poder asociarle a sus negocios. Estos negocios consistían en unas plantaciones de tabaco en Brasil, adonde el anciano emigró en su juventud. Dichas plantaciones, por impulso propio, se transformaron pronto en magníficas fábricas de cigarrillos que convirtieron de la noche a la mañana al buen señor en un millonario gruñón y un tanto excéntrico. La única amargura del potentado era la tozudez de Max. Infinitas veces habíale hecho ofrecimientos tentadores, a los cuales él contestaba por cablegrama: «Rechazo absurdas proposiciones. Deseo vivir y no vegetar».

Y no era eso lo más irritante. Su testarudez le impulsaba a no probar siquiera uno de aquellos «Cigarrillos Benjamín», verdadera maravilla elegantemente presentada en cajetillas azul y oro, con el monograma B. R. (Benjamín Reinal), de los cuales él se sentía tan justamente orgulloso. Benjamín habría dado buena parte de su fortuna por ver a Max fumarse complacido tan solo un pitillo. Pero Max, a su vez, consideraba aquel acto como una capitulación. ¡Era muy divertido ver rabiar al querido vejete! Colmaba de insultos al sobrino y estaba varios meses sin verle ni escribirle. Lo cual no era obstáculo para que el muchacho continuase su vida aventurera, que hasta el presente era intachable en cuanto a honradez se refería. Porque Max no era ni un sinvergüenza ni un idiota, sino un hombre independiente, de espíritu cultivado, que entendía la vida a su manera y que no había conocido las dos cosas grandes que esta posee: el calor de un hogar y el verdadero amor de una mujer.

Sin embargo, un día ocurrieron acontecimientos que marcaron época en su existencia. Estos acontecimientos fueron:

1. Un nuevo cablegrama de tío Benjamín.
2. Su encuentro con Diana Carlier.

II

BAILE BAJO LA LUNA

—... por lo cual, queridas amigas, con esta cena de despedida os digo adiós para una temporada.

Hubo un pequeño silencio al concluir de hablar Diana. En seguida volvió a armarse una gran algarabía de charlas, risas, chocar de copas y exclamaciones lanzadas de un lado a otro de la mesa.

—¿Pero es verdad que te vas, Diana?

—¡No seas malísima y confiésanos el motivo de tu fuga!

—¿Te vas a Holanda como el año pasado?

—¿A Holanda? ¿No recuerdas que quedó harta de tulipanes?

—¡Irá a París! ¡No hay que olvidar que allí está Jorge!

—¡Silencio! ¡Dejad que Diana se explique...!

—Os suplico que no divaguéis, moninas. —Diana volvió a tomar la palabra—. En mi viaje no hay el menor misterio. Únicamente... que yo misma ignoro adónde voy.

—¡No es posible!

—¡Nos engañas, Diana!

—Dejad que os lo aclare. Se trata del testarudo de mi médico, que se ha empeñado en que hay algo que no funciona bien dentro de mí y que me es necesaria una cura de reposo para calmar los nervios... Por lo tanto, para que mis numerosas amistades no vayan a turbarlo haciéndome visitas, no me dirá el lugar adonde me dirijo hasta que me encuentre en la estación.

—¡No sé cómo obedeces a un tirano semejante...!

—¿Estarás mucho tiempo fuera...?

—Quizá tres meses.

—¡Qué horror! ¿Qué vamos a hacer sin ti estos tres meses?

Hubo nuevos comentarios y cuchicheos. El alejamiento de la sociedad, en plena temporada invernal, de Diana Carlier constituía un acontecimiento imprevisto. Diana era el alma y la alegría de toda fiesta, uno de los árbitros de la moda femenina y la muchacha más envidiada de España entera, no solo por su nombre aristocrático y por su fortuna espléndida, sino sobre todo y ante todo por su extraordinaria belleza. Esta era tanta, que hacía decir a la gente que Diana y Jorge Nipoulos formarían, al casarse, «la pareja más perfecta del siglo».

Porque la joven estaba prometida desde hacía un año al agregado de la Embajada griega en París Jorge Nipoulos, último vástago de una noble y arruinada familia que en la actualidad poseía como única fortuna, además de su físico, perfecto, un rimbombante título de príncipe que, si bien no se debía a su parentesco con la familia real, había sido concedido en el siglo anterior a su antepasado por un glorioso golpe financiero.

El príncipe Jorge Nipoulos era conocidísimo entre la *élite* internacional, y su *flirt* con Diana Carlier, también de noble familia española y heredera de los millones de la Gran Casa Armadora Carlier, dio lugar a infinitos comentarios. Unos aseguraban que aquel noviazgo era un noviazgo de amor. Otros que presumían de perspicaces insinuaban que el príncipe Nipoulos era incapaz de amar a nada más que a sí mismo. Todos coincidían, sin embargo, en que Diana parecía estar sinceramente enamorada. Y empezaron a olvidarse los «rumores de noviazgo» para dejar paso a los «rumores de boda».

—Esta despedida de Diana me produce una sensación un poco funeraria —susurró una morena lindísima al oído de su compañera de mesa—. ¿Tendrá que ver su fuga imprevista con lo que se cuenta por ahí?

—¿Qué se cuenta?

—Que Diana ha tenido grandes pérdidas de dinero. Ya sabes que la Casa Armadora ha cerrado hace unos días sus oficinas.

—¡Qué tontería! Ese asunto de barcos proporcionaba a Diana más quebraderos de cabeza que otra cosa. Tiene la fortuna heredada de su madre, que es enorme. No hay cuidado de que se arruine, si es eso lo que deseabas sugerir.

—¡Pues lo siento! —suspiró la otra con fingida gravedad—. Era ese el único medio de que Jorge...

—¿Quedase libre para ti...?

—Lo has adivinado. Eres tan mal bichito como yo, lo cual no deja de ser un mérito.

Rieron ambas, enfrascándose de nuevo en el *Martini* que esperaba en sus copas.

Hallábanse reunidas en el reservado de un restaurante de moda situado en pleno campo en las afueras de

Madrid. A través de las grandes puertas de cristales que se abrían sobre una galería descubierta divisábanse los pequeños montes iluminados por la luna, y más cerca, debajo de la escalera de madera tosca, la gran pista de baile, alumbrada con farolillos de colores, por la que se deslizaban numerosas parejas a los acordes de una alegre orquesta, aprovechando la primaveral temperatura de aquella noche de mayo.

El reservado hallábase profusamente florido y el lujo del servicio y el refinamiento de la minuta elegida denotaban la generosidad del anfitrión. Al lado del cubierto de cada muchacha —la reunión era exclusivamente femenina—, Diana había colocado un costoso regalo, esforzándose en dar alegría a la fiesta.

—¿Nos permites que brindemos por tu próxima boda? —sugirió una de las numerosas «amigas íntimas» de Diana.

Diana sonrió, con aquella sonrisa que obligaba a decir a los hombres que era lo más adorable que había hecho el Creador, y repuso:

—Temo que otra copa más nos haga caer dormidas sobre la mesa. Recordad que hemos brindado catorce veces... —Enumeró con los dedos mientras hablaba—. Por la juventud, por la alegría, por la amistad, por los chicos guapos, por mi humilde persona...

—... por la tarta de chocolate que nos han servido...

—... porque haya «un buen año de novios»...

—... por... —interrumpiose de pronto, escuchando—. Pero... ¿qué ruido es ese...?

A través de la puerta entreabierta oíase, por encima del estruendo de la orquesta y de las charlas y risas de los bailarines, estentóreas voces masculinas que entonaban una sombría melopea, algo parecido a un canto de negros, que concluía siempre con el mismo estribillo:

Ab-da-lán, — Ab-da-lán,
Ar-mi-nón.
Ab -da -lán, — Ab-da-lán.

—¿Se habrán reunido para una sesión de magia negra...? — insinuó con ojos asustados una lectora asidua de novelas policíacas.

—Realmente, parecen voces de ultratumba...

Oyose ahora más cerca el escalofriante

Ab -da -lán, — Ab -da -lán,
Ar-mi-nón...

y casi en el mismo instante vieron cruzar por la galería un grupo de alegres muchachos en fila india, con el brazo derecho extendido y colocado sobre el hombro del compañero de delante. Por dos veces recorrieron la «veranda» y pasaron ante los atónitos ojos de las chicas que los contemplaban a través de las vidrieras de la puerta.

—¡Caramba...! ¡Pero si es Leo...!

Uno de los jóvenes, precisamente el que encabezaba el desfile y que no llevaba el brazo extendido por carecer de compañero en quien apoyarlo, sino que colocaba las dos manos sobre su cabeza, detúvose sorprendido al oír su nombre y miró a través de los cristales, haciendo un amistoso y expresivo saludo a una de las muchachas.

—¡Por cien mil morteros...! ¡Si es Lali, mi exnoviecita...! ¿Cómo estás, preciosa...?

Todo el grupo varonil advirtió entonces el apetitoso grupo femenino, y quince pares de ojos asaetearon desde la puerta las cabezas rubias y morenas, peinadas a la última moda.

—¿Qué haces aquí, Lali?

—Ya lo ves. Tomar el sol..., es decir, la luna. ¿Y tú...?

—¿Yo...? ¡Estudiar!

—¡Buen chico! Ahora comprendo lo del «Ab-da-lán». Sin duda es árabe o griego...

—Es un idioma desconocido que ha traído de la India un amigo mío. Si te gusta, podemos enseñároslo a ti y a tus amigas. Es muy sencillo. Carece de verbos y de haches.

Hubo risas débilmente sofocadas, y los chicos, animados, asomaron por el umbral de la puerta, rabiendo por entrar.

—Os presento a Leo, uno de mis exnovios —indicó Lali a sus compañeras—. Es el dueño de ese estúpido periodiquito titulado *Horas Modernas* que ciertas gentes compran los sábados para envolver la merienda del domingo. Esos son tus amigos..., ¿no...?

—Son los estúpidos redactores del estúpido periódico —asintió Leo, sonriente—. Excelentes chicos; respondo de todos.

—Y de ti ¿quién responde...?

—¡Su gran amigo Max...!

El que acababa de pronunciar estas palabras y que, por impedírselo el compacto grupo de jóvenes correctamente vestidos de *smoking*, no había conseguido entrar hasta aquel instante, avanzó resueltamente, siendo acogido por un numeroso coro de voces alegres:

—¡Si es Max!

—¿Qué haces aquí, bribón...?

—¿De este modo trabajáis en el periódico...?

—¿Y esto es lo que hacéis vosotras cuando creemos que estáis en la cama durmiendo como ángeles? ¡Atracaros de golosinas en el mejor restaurante de Madrid...!

—Tenemos el mismo derecho a la vida que vosotros, grandísimos tiranos...

—Pues yo creo que... —lo que Max creía en aquel momento no se supo jamás, porque quedó instantáneamente callado al tropezar sus ojos con algo que le pareció un prodigio. El prodigio era la figura de Diana, de pie entre el grupo de sus amigas, con una cortés sonrisa en los labios y la mirada «ausente» de todo aquello. Max la miró, preguntándose interiormente si la joven era una persona de carne y hueso o una deidad bajada del Olimpo para cenar con sus damas de honor.

Llevaba un encantador vestido —encantador y original, como todo lo de Diana—, de un tono ambarino, ligero y vaporoso, con el que armonizaba el dorado cabello, semejante a una continuación del traje que hubiese empalidecido hasta adquirir aquel matiz de espiga madura. Max admiró la línea suave del rostro, de óvalo perfecto, los grandes ojos castaños, la dulzura de la sonrisa y el encanto juvenil que emanaba de ella. Y en el acto pensó, con la seguridad que le daba la costumbre de obtener cuanto quería: «¡Tengo que hablarle! ¡Tengo que decirle lo preciosa que es y lo maravillosa que me parece! Tengo que...». Interrumpió sus pensamientos y en alta voz rogó a las muchachas:

—Creo que sería un acto de buen corazón que permitieseis a mis amigos bailar con vosotras. La pista es magnífica, y bailar a la luz de la luna resulta emocionante. ¿No os decidís...?

Nunca había sido rechazada una petición de Max, por lo que a los cinco minutos estuvieron todos bailando al aire libre, respirando el embalsamado perfume de tomillo y mejorana que venía de la cercana sierra.

Max maldijo las conveniencias sociales que le obligaban a bailar con unas cuantas amigas, bonitas y bobas —por lo menos a él le parecieron bobas en aquel momento, olvidando que con cada una sostuvo tiempo atrás un prolongado *flirt*, concluido invariablemente cuando Juanina, Lolín o Marisa se ponían «pesaditas»; si Max empezaba a calificar a una mujer de «pesadita» era porque su interés habíase disipado sin saber cómo ni por qué.

Buscó con la mirada la adorable figura de «la Diosa» —*in mente* bautizó así a Diana—, y la vio bailando con el torpe de Leo, que danzaba igual que un pesado elefante. Tres veces intentó escabullirse y sacarla a bailar, y siempre se lo impidió uno de sus antiguos *flirts*. Cuando al fin consiguió «colocar» a todas sus amigas con algún compañero, se lanzó desesperadamente en busca de la joven. Pero ni en la pista ni en el jardín consiguió encontrarla. Maldiciendo su suerte, silbó furiosamente para desahogar su mal humor y metió las manos en los bolsillos, semejando la imagen de la consternación. ¿Dónde estaría «la Diosa»...? ¿Desaparecería, como en los cuentos, en el instante culminante...?

Súbitamente ahogó una exclamación de contento y franqueó de un salto la distancia que le separaba de la escalera. Porque acababa de ver a la persona a quien buscaba. Estaba en la galería, en cuya balaustrada se apoyaba, contemplando la oscura lejanía con cierto aire melancólico.

—¡Ahora o nunca!

Diana, sobresaltada, le miró con ligero mal humor.

—¡Ah! ¿Es... usted?

Inconscientemente suprimió el tuteo, usual entre la juventud española, como si quisiera demostrarle que no tenía gran interés en su amistad.

—Sí... Soy yo. —Max la miró arrobado, con extraordinaria fijeza—. ¡Ahora o nunca! —dijo.

—¿Me preguntaba algo...?

Sonrió él, con repentina timidez.

—Solo he dicho: «¡Ahora o nunca...!» Es mi grito de guerra. Siempre lo lanzo cuando voy a hacer algo importante.

Hubo una ligera pausa, durante la cual «la Diosa» contemplole con indiferencia glacial.

—¿Iba a hacer algo importante? ¡Por mí no se detenga!

—Iba... a sacarla a bailar...

«¡Soy un imbécil! —pensó—. ¿Por qué me siento tan tímido de repente como un colegial...? ¡Es ridículo...!»

Y siguió mirándola absorto.

—Lo siento mucho, señor...

—Reinal. Máximo Reinal. Puede llamarme Max. No gaste ceremonias.

—Lo siento —prosiguió ella sin atender a su indicación La verdad es que me siento fatigada y no pensaba bailar más.

—Tengo una suerte fatal... ¿Me permite entonces que la invite a sentarnos en un sitio tranquilo y confortable, lejos del barullo?

—¡No se moleste, por favor! Estoy perfectamente aquí.

Hubo una pausa, durante la cual Max se consideró el más desgraciado de los mortales.

—Señorita... —esperaba que ella le dijese su nombre, pero no lo hizo—. ¿Puedo hacerle una pregunta? —Asintió Diana con ligera sonrisa y Max se animó algo—. ¿Verdad que, sin saber por qué, le soy un poquitín antipático...?

Los castaños ojos revelaron tal asombro, que el muchacho comprendió su error. No. No le era antipático a «la Diosa», sino algo infinitamente peor: indiferente. Y eso resultole tan extraordinario, que le dejó perplejo unos segundos. Estaba acostumbrado a que las mujeres le amasen o le aborreciesen... Pero aquella indiferencia aplastante...

—¿Por qué ha de parecerme antipático? —comentó con expresión fatigada.

—No quiere bailar conmigo, ni sentarse conmigo, ni me tutea...

Sonrió ella a pesar suyo.

—Ya se lo he dicho. Estoy cansada.

—¿Física... o espiritualmente?

Mirole Diana con repentino sobresalto.

—¿Por qué pregunta eso...?

—Es una suposición. ¿Sabe una cosa...? Tengo veintiséis años...

—Enhorabuena...

—¡No se burle! Aún no me dejó acabar. Tengo veintiséis años y jamás he deseado una cosa como deseo ahora bailar con usted... Además... presiento que si no lo consigo me dará mala suerte.

—¿Es supersticioso?

—Toda persona que al día siguiente va a emprender un viaje por mar lo es un poco.

—Se equivoca...

—¿Lo cree así?

—Mañana embarco yo también.

—¡No me diga que va a América...! ¡Sería demasiada suerte! —exclamó ilusionado.

—No voy a América. ¿Por qué había de ir...?

—Porque voy yo. O, por lo menos, pensaba ir hasta hace un momento. Ahora ya no estoy seguro. Temo sufrir una equivocación y tomar el mismo barco que usted.

—Será una equivocación lamentable —repuso ella con nueva frialdad.

—No me lo parece. Y ahora que conoce usted mis proyectos, ¿no le da pena negarme un baile, pensando en los peligros a que mañana estaré expuesto? Naufragio, fiebres, mareo, pulmonía, apendicitis...

—Supongo que también escarlatina y sarampión, ¿no?

—Por supuesto. Y viruelas, reuma, atropellos, descarrilamiento...

—¿En un barco?

—Cuando haya desembarcado. Pero sobre todo soledad. Añoranza de la patria.

—¿Es la primera vez que va al extranjero?

—He hecho más de trescientos viajes..., pero es lo mismo.

Rio ella, y Max se dijo que si cuando estaba seria era irresistible, al reírse... no encontraba adjetivo.

—Bien —decidió Diana—. Bailaré con usted porque no quiero hacerme responsable de tantas catástrofes.

—¡Bravo! —gritó triunfal—. ¡Dios la bendiga!

Llevola con suavidad hasta la pista y la enlazó por el talle aspirando el delicioso perfume que se desprendía de su cabello, perfume que, como ella, era dulce y extraño.

—Aún no me ha dicho su nombre —murmuró—. Hubiera podido preguntárselo a cualquiera de sus amigas, pero me ilusionaba que me lo dijese usted misma.

—Me llamo Diana.

—¡Naturalmente...! ¡Nombre de diosa! ¡Diana...! Huele a bosques y a juventud...

—No sabía que fuese usted poeta.

—¡No lo soy! En la actualidad soy un pobre periodista adocenado. Pero usted me inspira. Y me inspira también esta decoración, las colinas, la luna, su traje tan femenino, que le hace parecer lo que en realidad es: una princesa..., y también la idea de que dentro de un par de días estará en alta mar, lejos de este mundo brillante, en busca de nuevas emociones.

—¿Tiene espíritu de aventura?

—Ha acertado. Adoro las noches estrelladas, vividas en lejanos países; por ejemplo, en el imponente silencio de las montañas del Canadá, o bajo las ramas de una palmera, en África... Entonces me encuentro en mi elemento. Siento decirle que, exceptuando esta ocasión, como menos a gusto me siento es dentro del *smoking*.

—¿No le gusta la sociedad?

—No lo sé. Tras un largo destierro, la echo de menos: Otras veces, en cambio, me molesta la gente *chic*.

—¿Es usted demócrata?

—Solo un idealista. Los demócratas pretenden hacer descender la clase alta de la clase baja. Yo, por el contrario, querría hacer subir esta al nivel de los otros... ¿Se figura lo ideal que sería un mundo en el que todos estuviesen perfectamente educados...? Siempre he pensado en fundar algún día, si es que algún día tengo dinero, una especie de escuela social en donde, en un par de meses, una persona ordinaria pueda perfeccionarse socialmente.

—Un verdadero filántropo.

—No se burle. Acuérdese de los peligros a que mañana estaré expuesto.

—¿Naufragio..., mareo..., tos ferina...?

—Etcétera, etcétera. Pero no pensemos en ello. Vivamos esta noche.

Diana suspiró. Durante un largo rato permanecieron silenciosos, mientras la imaginación de cada uno vagaba por lugares distintos.

«No me resigno a dejarla —pensó Max—. He de enterarme de su apellido y de adónde va. *Necesito* verla a menudo, oírla..., bailar con ella y hablarle...».

Un ligero vientecillo azotoles el rostro, trayendo aroma de pinos.

Por encima de las cabezas de las otras parejas divisábase a Leo, subido a un taburete del bar, tomando una bebida blancuzca que Max adivinó sería ginebra. ¡Borrachín empedernido...!

De nuevo miró a su pareja. ¿Se reía? Habíale parecido oír una carcajada reprimida. Pero no. Diana permanecía seria. Sin embargo, habría jurado... A la luz de un farolillo contemplola insistentemente.

Y vio algo en sus ojos que le dejó estupefacto. ¿Era posible? ¿«La Diosa» estaba... llorando? Tan increíble le pareció, que disimuladamente escrutó otra vez el bello rostro, convenciéndose de su aserto. Diana tenía los ojos brillantes de lágrimas.

¡Absurdo...!

Jamás se vio Max en situación parecida. Había tenido que presenciar infinitas escenas de llanto femenino, y en todas ellas conocía más o menos el motivo... Pero ahora... ¡Estar bailando y bromeando con una preciosa muchacha desconocida, creer que estaba contenta..., y encontrarla conteniendo los sollozos, era algo imprevisto e incomprensible!

«No es posible que yo la haya ofendido», pensó. Hizo un resumen de cuanto había hablado y se convenció de que nada había que temer. Sin duda «la Diosa» sufría alguna pena particular... Sí. No cabía duda. Había tristeza en su mirada cuando le dijo que no tenía deseos de bailar.

Apretola con fuerza y, girando lentamente, la hizo salir de la pista de baile, sumergiéndose en aquel mar de sombras, por entre los árboles, que a la luz de la luna parecían recortados en terciopelo negro. Diana dejose conducir sin protestar hasta el rinconcito solitario y confortable que antes había descubierto Max. Por fin rompió el silencio y con voz hueca preguntó:

—¿Por qué me ha traído aquí?

—Creí que la molestaría que todos la viesen llorar.

Esperaba una negativa por su parte, pero aquella muchacha tenía la virtud de dejarle siempre desconcertado. Y esta vez se quedó atónito con la respuesta. Porque Diana se dejó caer sobre los almohadones de un sofá-columpio y mientras sollozaba fuertemente murmuró:

—¡No puedo soportarlo! ¡No puedo!

Max deseó que la tierra se le tragara. ¿No podía soportarle? ¿Qué le había hecho para que le odiase tanto?

—¿Por qué no me soporta? —interrumpió con frialdad.

—No me refiero a usted. Me refiero a la fiesta..., a la alegría..., a todo esto... Estoy desesperada.

Inconscientemente, Max lanzó un suspiro de alivio. Tomó asiento junto a ella y durante un momento no supo qué decir.

—¿Puedo... hacer algo por usted? —murmuró al fin, suavemente. Y al ver que ella movía negativamente la cabeza, sin dejar de llorar, continuó—: A veces las cosas parecen peores de lo que son en realidad. Quiero decir que ese asunto que la entristece tendrá seguramente fácil arreglo.

De nuevo se agitó la rubia cabeza diciendo que no.

—Bueno... Yo... no quiero ser indiscreto... Lo mejor es que me calle y la deje llorar.

Durante un rato, Diana lo hizo a conciencia, mientras Max, guardando un absoluto silencio, contemplaba la enorme bola blanca de la luna, que iluminaba aquel cuadro extraño: un hombre y una mujer desconocidos, acongojada ella y estupefacto él. Al fin, los sollozos disminuyeron y el silencio se hizo más intenso, interrumpido solo por los cercanos acordes de la orquesta.

—Gracias —dijo al fin Diana, causándole con su voz un pequeño sobresalto.

—¿Gracias? ¿Ha dicho gracias? ¿Por qué...?

—Por... su comprensión... Me ha dejado llorar y me ha acompañado... —Tras una pausa añadió—: Tengo que explicarle. Estará pensando que soy una necia...

—No tiene que explicarme nada. Si estaba triste, ha hecho bien en llorar.

Secó Diana sus ojos y rehuyó mirarle, sintiéndose avergonzada de la escena.

—De todos modos, debo decir que...

—De veras no tiene por qué decir nada... ¿Qué quiere hacer ahora? ¿Desea que nos reunamos con los otros...? ¿O prefiere que vaya a buscarle su polvera? Seguramente tendrá la nariz colorada.

Rio ella ligeramente.

—Gracias... Es usted... un chico excelente. ¿Cree que se me nota mucho?

Alzó la cabeza para que la mirara, y Max sintió un repentino deseo de estrecharla contra su pecho y consolarla.

—Es de las pocas mujeres que están bonitas hasta llorando...

—Quisiera... marcharme a casa sin que nadie me viera. Así evitaría las despedidas. Pero no tengo aquí mi coche. Vine en el de Lali, y quedó su padre en recogernos.

Max escrutó su reloj de pulsera.

—Son las once y media. Es un poco pronto para que Leo se retire, pero no le queda otro recurso.

—¿Leo...?

—Sí. Yo la llevaré a su casa en el coche de Leo. Me figuro que a estas horas estará ya completamente borracho. Es su costumbre. Tengo siempre que llevármelo de todos lados.

—¡Me horrorizan los borrachos! —protestó ella.

—No tema. Leo es inofensivo. Se queda hecho un tronco. ¿Quiere convencerse...? Espéreme a la salida.

III

DIÁLOGO EN LA CARRETERA

—Ya ha pasado todo. ¿Está contenta? —dijo Max diez minutos después, mientras conducía el coche de su amigo, que, tumbado en el interior, roncaba ruidosamente.

Asintió Diana con agradecimiento:

—Sí. Afortunadamente, ya acabó todo... Ahora...

—dejó sin concluir la frase y le interpeló—: Cuénteme algo de su viaje. ¿A qué parte de América marchará?

—A Río de Janeiro, la «ciudad carioca».

—¿Qué va a hacer allá?

—Visitar a un pariente que me ha presentado un ultimátum. ¿De veras le interesan mis historias?

—Le aseguro que sí.

—Pues le hablaré de tío Benjamín —concedió, comprendiendo que deseaba olvidarse de sus propios pensamientos—. Es mi único pariente y tiene un genio de mil diablos, a pesar de lo cual le aprecio mucho. De la noche a la mañana se ha visto convertido en millonario.

—Esas cosas solo ocurren en América.

—Como vive solo, está empeñado en que viva junto a él, a lo cual me he negado un montón de veces. Pero hoy he recibido este cable. —Buscó en sus bolsillos y sacó un papel arrugado—. Léalo y se divertirá.

En voz alta leyó Diana:

—«Ofrézcote última oportunidad. Propongo negocio condiciones ventajosas. Giro dinero para viaje. Coge próximo barco. *Tío Benjamín*».

—Esto debe retratar su carácter, ¿verdad...?

—En efecto.

— ¿Y por qué esta vez ha aceptado?

—Porque me aburre el cargo de redactor jefe de esa birria de periódico de Leo. Además, por el giro. Si no aceptase, tendría que devolverle el dinero. Y ya me lo he gastado.

—¿En el pasaje?

—En cosas mucho más útiles... En la cena de esta noche, como despedida a mis amigos; en pagar la cuenta del sastre, y en muchas otras cosas del mismo estilo.

—Entonces... ¿su viaje? ¿Piensa ir a nado?

—No. En lugar de tomar un barco de lujo, viajaré en uno de carga. Pertenece a un amigo mío y zarpará mañana por la tarde de Cádiz... Bueno... Uno de esos amigos a los que yo decía antes que me gustaría refinar. Lo merece. Es todo un tipo el capitán Bruto.

—¿Capitán Bruto?

—Así le llaman. Pero es un infeliz. Fue compañero mío en dos travesías en las que viajé de fogonero.

—¿Fogonero...? —Diana le miró estupefacta—. Dice usted las cosas más enormes con toda tranquilidad.

—¿No quiere creer que he sido fogonero? Lo fui por *sport*. Siempre me ha gustado conocer la parte buena y la mala de la vida...

—Es usted un hombre... poco vulgar.

—No sé si tomarlo como cumplido... o lo contrario.

Rieron. Los árboles y la carretera desaparecían tras la presión del acelerador. Leo continuaba roncando en la misma postura.

—¿Volverá a España?

—Dentro de algún tiempo. En realidad, nunca sé lo que haré más adelante. ¿Y usted?

Era la primera vez que la interrogaba. Vaciló antes de contestar.

—Tampoco sé lo que haré en el porvenir.

—Parece como si su próximo viaje no le agradara.

—¿Agradarme? —Lanzó una risa amarga que a Max le hizo daño—. Es la cosa menos agradable de mi vida.

—¿Por qué se marcha, entonces...? Perdone. No me conteste si no desea hacerlo.

Hubo un silencio entre ambos, solo interrumpido por el suave ruido del motor.

—¡Prométame una cosa!

Max la miró sorprendido.

—¿Prometerle yo... a usted...?

—Sí. Prométame que no hablará a nadie una palabra de lo que voy a decirle, durante las horas que le restan de estar en España. ¿Me lo promete?

—Desde luego, pero no comprendo...

—Su actitud merece que yo sea sincera. Me voy... porque estoy completamente arruinada.

—¡Arruinada! —Max no supo qué decir.

—Por completo. Quizá no comprenda el alcance que tiene para mí esta palabra. Lo comprenderá cuando le diga que soy o era propietaria de la Casa Armadora Carlier. Probablemente la habrá oído nombrar.

Max se abstuvo de comentar que precisamente en un barco de la Carlier viajó como fogonero.

—Mi fortuna era grande hasta hace seis años. Ocurrió por entonces la muerte de mi padre, y las personas que se cuidaron de mis asuntos, a pesar de su buena voluntad, no han sabido sacarlos adelante. Hoy... —su voz se apagó— creo que mi única fortuna es el vestido que llevo encima. La empresa está empezando a liquidar... He tenido que comprometer la fortuna heredada de mi madre... Durante estas semanas solo hemos hecho pagar, pagar y pagar... Por eso me voy a Italia.

—¿A Italia?

—Sí. Personas de mi confianza se encargarán de terminar este asunto... Yo quiero desaparecer porque no puedo soportar el vivir pobremente en un sitio donde he sido rica y envidiada. Será orgullo...

—Lo es.

—Pero yo no puedo dejar de sentir así. Si me marcho, la gente podrá creer que mi ruina no es total y que vivo en cualquier punto del mundo en el mismo plan que siempre. Solo deseo que se olviden de mí...

—Es cosa difícil después de haberla conocido —murmuró Max con seriedad—. Lo siento, Diana. Lo siento por usted. —Hubo otro silencio prolongado, que volvió a romper el joven—: ¿Sabe lo que estoy pensando...? En la coincidencia de nuestras situaciones. Los dos acabamos de dar una cena de despedida que simboliza nuestro adiós a la vida que hemos llevado hasta ahora, ¿no es eso?

—Gasté en la cena los últimos billetes que me quedaban porque deseaba despedirme con esplendidez.

—Los dos vamos a emprender un viaje. Ninguno tenemos un céntimo. ¿No cree que nuestro encuentro es un aviso del cielo?

—¿Qué clase de aviso?

—Pues casi una orden: «Vuestros destinos son idénticos. Casaos y sed felices». ¿Qué le parece?

—Que quizá ese aviso no le haga gracia a mi prometido.

Max propinó un peligroso giro al volante.

—¡Su prometido! ¿Está usted prometida? —La idea le desagradó tanto, que hundió con rabia su pie en el acelerador, sin saber cómo desahogarse. ¿Conque estaba prometida...? ¡Claro...! No podía ser de otro modo. ¡Era tan bonita!

—Estoy prometida hace más de un año, pero nuestro compromiso aún no es oficial.

—¿Y qué espera ese hombre para casarse? Debería hacerlo precisamente en estos momentos.

—Mi novio ignora esta situación crítica, aunque sabe que he tenido grandes pérdidas.

—Me figuro que ese hecho no alterará su amor.

Suspiró Diana amargamente:

—Ese es el detalle más doloroso de mi ruina. Usted no comprende... Él no tiene fortuna tampoco.

—Lo cual no es obstáculo para que pueda hacerla feliz.

—Jorge... es... es... de cuna muy elevada. Está acostumbrado a vivir en una posición imposible de sostener sin mucho dinero.

—¿Por qué no se lo procura con su trabajo?

—No diga bobadas... Jorge no sabría trabajar... así... como usted... —la frase le mortificó vivamente, aunque fue dicha sin mala intención—. Jorge es...

—... muy noble, sí. Ya lo dijo antes.

—Y temo que tengamos que concluir nuestras relaciones.

—Supongo que él no lo permitirá.

—¿Cómo podrá evitarlo?

Max quedose estupefacto de su ingenuidad. *In mente* calificó a Jorge de idiota.

—¿Comprende ahora por qué lloré antes? Si no hubiese este asunto de Jorge, tendría más valor para soportarlo todo... —De nuevo sus ojos se llenaron de lágrimas.

—¿Tanto le quiere...?

Bajó Diana la cabeza y guardó silencio.

—¿Y por qué va a Italia precisamente? ¿No le gustaría más venirse a Río?

Sonrió ante su pretensión.

—Voy a Nápoles, donde tengo una anciana tía. Es una señora muy rara también, como su tío Benjamín. De joven le entró la afición por el teatro y se dedicó a la carrera lírica con verdadera pasión. Ha tenido una gran voz. Ahora también es pobre. Es muy orgullosa y jamás admitió dinero mío. Creo que da lecciones de canto. Ya ve usted que mi vida no será muy alegre en aquel ambiente. No sé cuándo me atreveré a contarle la realidad a Jorge.

—¡Pobrecita!

La frase fue dicha por Max con tanto afecto, que Diana, al verse compadecida, volvió a tener ganas de llorar.

Sintió agradecimiento hacia Max por su cordial comprensión. Era un hombre encantador. Sin duda tenía mucha experiencia de la vida y por eso sabía hacerse cargo de todo.

—¿Sabe que siento decirle adiós? —le dijo.

De haber dicho aquello momentos antes, el corazón del joven hubiera brincado de gozo. Pero después de confesarle su noviazgo sentíase incapaz del menor regocijo.

—Más lo siento yo. Pero no le digo adiós. Le diré «¡hasta pronto» Presiento que en cuanto me vaya rabiaré de deseos de volver a verla. Si hubiese sabido desde el principio que estaba prometida, quizás hubiera podido luchar contra usted.

—¿Contra mí?

—Contra su encanto, que pugnaba por avasallarme. Ahora no tiene arreglo. Decidida e irremediablemente, me gusta. Presiento también que me he enamorado. No frunza el ceño. No bromeo. No le hago el amor. Solo enumero realidades. No tendría objeto que me declarase sabiéndola enamorada de otro hombre. Hay, sin embargo, una cosa que ni Jorge ni nadie en el mundo me puede quitar.

—¿El qué...?

—La confianza en el porvenir. Espero..., estoy seguro de que llegará un día en que no le seré indiferente...

—¡Es usted absurdo! —protestó Diana—. Acaba de conocerme y es más que probable que no nos volvamos a ver.

—¿Cree eso...? Se ve que no conoce a Max Reinal... Deseche esa idea, «Diosa». Me ha de volver a ver y antes de lo que se figura. Hace poco que la conozco, pero eso no significa nada. Para los hombres que vivimos tan de prisa, un minuto es casi una existencia.

—Mañana marcharemos cada uno en dirección contraria...

—Le garantizo que nos reuniremos pronto. Para mí no hay distancias. Ya se convencerá. Nuestras vidas se juntarán de nuevo.

—Habla como un oráculo.

—Pocas veces me han fallado los presentimientos.

—¿Qué le dicen sus presentimientos respecto a Jorge?

—Espere a que me concentre. —Calló un momento y de nuevo habló—: No puedo predecir lo que será de Jorge. En cambio, veo perfectamente su propio porvenir. Verá. Será usted rica de nuevo y muy feliz, y la riqueza y la felicidad se la proporcionará su marido. ¿Tiene curiosidad por saber cómo será su marido...?

—Temo que el cerebro le estalle de tanto «concentrarse».

—No importa. Escuche. Un hombre alto y moreno, cuyas iniciales serán M. y R. ¿Adivina?

—¡No caigo...! ¿Quizá Miguel Ruiz, Manolo Rivera...?

—¿Por qué no Máximo Reinal?

Rio Diana, contagiada de su simpatía.

—Bueno. Por lo menos, ya he conseguido una cosa: que se ría y olvide sus pesimismos. Dígame con sinceridad: ¿le gusto un poco?

—Me resulta simpático.

—No basta.

—Recuerde que estoy enamorada.

—Yo también. De usted.

Llegaban a la capital y dejaron atrás varias calles brillantemente iluminadas. La gente salía de los teatros, prestándoles animación como en pleno día.

—Tengo que bajarme aquí —indicó Diana al llegar a la calle de Génova—. Esta ha sido mi casa hasta el día de hoy.

Detuvo Max el coche y la acompañó hasta el gran portal alfombrado, tendiéndole ella la mano sonriendo con aquella sonrisa dulce que le encantaba.

—Adiós, Max. Deseo que tenga buen viaje... y mucha suerte.

Apretó él fuertemente su fina y tibia mano, e impulsivamente besó sus dedos.

—Adiós, Diana. Hasta pronto. No me resignaré a no verla. Rica o pobre, no dejará de ser la adorable persona que es. ¡Espere! Quiero mirarla otro poco... —Clavó los ojos en la atrayente figura de Diana y respiró hondo—. Parece como si jamás hasta ahora hubiera visto mujer alguna. Siento como si fuese usted la primera. Adiós. Recuerde esto: rica o pobre, siempre será usted.

Cuando la puerta se cerró, Max permaneció unos minutos embobado, como despertando de un sueño muy grato. Al fin volvió al coche y lo puso en marcha.

En el asiento había quedado un objeto que pertenecía a Diana. Max lo recogió. Era la polverita dorada con las iniciales «D. C.» enlazadas. Contento del hallazgo, se lo guardó tranquilamente, deseando conservar algo de ella.

Pulsó el acelerador con la intención de depositar pronto a Leo en su domicilio. Pero tuvo la buena ocurrencia de echar antes una ojeada al interior del coche. Y entonces advirtió que estaba vacío. Sin duda, Leo habíase despertado, marchándose a continuar bebiendo.

Como esperaba, lo encontró en el bar más próximo.

Y tuvo que cargárselo a la espalda mientras cantaba ruidosamente:

Ab-da-lán, — Ab-da-lán.
Ar-mi-nón.

IV
❧

NAPOLITANA

Diana recorrió por quinta vez los puestos del mercado temiendo haber olvidado algo... Repasó mentalmente el número de encargos adquiridos y decidió que solo faltaba el ramito de flores con que tía Marieta adornaría la mesa en su reunión de aquella tarde. Después de registrar sus bolsillos descubrió que la cantidad que le quedaba era escasa.

«Tendrá que conformarse con margaritas o mimosas —se dijo suspirando, como siempre que se enfrentaba con la terrible realidad de la falta de dinero—. Nunca hubiera podido pensar que el comprar rosas o nardos fuese un lujo como cualquier otro».

La *ragazza* del puesto de flores conocía y admiraba a la bella *signorina* que diariamente recorría la plaza con la pequeña bolsa de malla bajo el brazo, por lo que le preparó sonriendo una artística amalgama de flores baratas a las que añadió como regalo una ramita de perfumados jazmines.

Diana abandonó el mercado y tomó el camino de su casa. Gustábale recorrer el puerto lentamente, gozándose en la contemplación de la bahía, rutilante de luz y desbordando animación. Un gran barco danés, pintado de negro, descargaba su mercancía en aquel muelle, y los marineros, rubios y atléticos, con los atezados brazos al aire, cambiaban entre sí frases ininteligibles. Más lejos, veíase anclada toda una flotilla de destructores italianos que apenas destacaban sobre el agua sus graciosas siluetas pintadas de gris. Los barcos pesqueros, vacíos ya de su carga, exponían al sol las maderas húmedas de salitre.

De una fábrica cercana, la sirena llamó a los obreros al trabajo y, como todas las mañanas, los vio entrar bromeando y empujándose. Un vendedor de helados pasó presuroso, empujando su carrito en dirección al cercano Instituto, donde tenía la venta asegurada. Todo aquel movimiento resultábale familiar. Desde hacía un mes repetía el recorrido matinal para llevar provisiones al pisito de la *strada del Duomo*, que ocupaba en unión de tía Marieta. Un mes que para Diana había sido de dura prueba. Para consolarse, complacíase en pensar que estaba viviendo un mal sueño del que repentinamente despertaría, encontrándose de nuevo en su vida anterior, cuando era una muchacha rica y feliz. Pero al volver a la realidad y darse cuenta de que su porvenir se limitaba a una existencia triste entre las angostas paredes de aquella casa, por cuyo patio salían constantemente tufaradas de sardinas fritas, sentía en su corazón un frío mortal y se pasaba horas y horas encerrada en su cuarto, contemplando desde el balcón el pedacito de mar azul que le permitían ver los tejados vecinos. ¿Qué diría Jorge de todo aquello? ¡Qué grito de asombro no lanzaría si pudiera verla en el mercado regateando media docena de plátanos o un kilo de tomates...! El príncipe Nipoulos ignoraba aún el desastre financiero de su novia. Habíale escrito diciéndole lacónicamente que estaba en Nápoles —a cuya lista de Correos debería escribirle—pasando una temporada con un pariente. Faltábale valor para referirle la verdad, dejándolo para más adelante. Conforme el tiempo pasaba, decidíase menos a exponerse a perder lo que constituía el único aliciente de su vida. Las cartas de Jorge, que le hablaban del brillante mundo al que pertenecía, eran esperadas con febril impaciencia. En una de las últimas reflejaba el joven la primera inquietud. Hasta él habían llegado rumores de que la empresa Carlier estaba arruinada, y preguntaba a su novia si la cosa era tan seria como algunos pretendían. Diana avergonzábase de la respuesta que le envió, llena de evasivas para quitarle importancia al asunto. Ella misma ignoraba con qué fin prolongaba tan falsa situación. Algunas veces se ilusionaba pensando que el amor de Jorge soportaría toda clase de pruebas y que podrían ser felices con poco dinero. Pero en seguida reíase dolorosamente de su pretensión. ¡Jorge viviendo estrechamente, casado con una mujer pobre! No podría ser...

De vez en cuando, más a menudo de lo que creyera, acordábase también del original muchacho que la acompañó durante su última noche en España. ¿Qué habría sido de Max? Habríala olvidado, a pesar de sus promesas. Pensando en él, siempre sonreía, sin saber a ciencia cierta por qué. Ojalá hubiera tenido suerte... Mejor suerte que ella, aunque no podía quejarse del trato de su tía.

Doña Marieta habíala recibido con todo el afecto de que era capaz su sensible corazón. La buena señora tenía costumbre de llorar por todo. Lloró a la llegada de su sobrina, lloraba al darle el beso de despedida todas las noches al irse a acostar. Lloraba al sentarse a la mesa, lloraba si alguno de sus discípulos de canto rozaba una nota y lloraba también de emoción si no la rozaba. Su vida deslizábase anegada en lágrimas. Tenía un grupo de amistades —compañeros todos de su época de teatro— que con fidelidad conmovedora iban a visitarla los jueves y domingos por la tarde, sin que fueran capaces de impedirlo lluvias, tormentas ni terremotos. Diana temía a lo que tía Marieta llamaba «mis pequeñas tertulias». Casi siempre las componían *il signore Bazzoni*, antiguo bajo del Scala, que, como todos ellos, tenía una estatura descomunal. Usaba bigotes de puntas retorcidas y unas americanas inadmisibles, cuya confección debió de tener lugar allá por el año 18... *Donna* Teresina era otro de los contertulios, y doña Marieta la apreciaba mucho, pero cuando se refería a sus condiciones artísticas hablaba de ella con infinito desprecio, alegando que nunca había sido más que un grillo vulgar. Había además la Montesi, tiple cincuentona que, por ser la única que en la actualidad actuaba en el teatro San Carlo, dábase una importancia extraordinaria.

Acudían también un tenor y un barítono muy gruesos, y alguna que otra vez, haciéndose desear, una viejecita con el rostro cosido de arrugas, llamada doña Carmen y que era la reina de la reunión. A su disposición se ponía el sillón de tía Marieta, de tapicería descolorida y muelles hundidos, único mueble medianamente cómodo de la casa. Diana supo que era española y que había sido «la voz de oro del siglo anterior».

Una vez que todos los contertulios llegaban, empezaba realmente la tarde. Rompía el fuego cualquiera de ellos lanzando un:

—¿Se acuerda usted, doña Marieta, de aquella famosa representación de *Hernani* en Florencia?

Y en seguida, cada uno iba respectivamente lanzando un «¿Se acuerdan ustedes...?», juego que duraba tres cuartos de hora, poco más o menos. Inmediatamente después, tía Marieta se sentaba al piano. Y por turno, el que más y el que menos decidíase a dejar oír sus gorgoritos temblones y desafinados, constituyendo un suplicio para los oídos de Diana, a la que cariñosamente llamaban «profana». Terminado el pequeño concierto, la joven ayudaba a su tía a servir la merienda, compuesta de chocolate, pasteles y bollos de confección casera, y después volvía a reanudarse el juego de los «¿Se acuerda...?» hasta las nueve de la noche.

Con objeto de no hacerse gravosa a su tía, Diana había buscado trabajo. Por mediación de un alumno de la señora, encontró dos discípulos para una clase de español. Eran un niño y una niña encantadores que habitaban un bello palacio del ensanche, con los cuales pasaba los únicos ratos agradables de su estancia en Nápoles. A menudo llevábalos a pasear por la Riviera o por la *strada* de Posilipo, respirando a pleno pulmón el aire marino o entreteniéndose en el acuario o en los castillos.

Diana consultó su reloj de pulsera y apresuró el paso. Por ayudar a doña Marieta, que tenía la mañana entera

43

ocupada por las lecciones, se había hecho cargo de la casa, ayudada por una criadita piamontesa que iba dos horas todos los días, para poner orden, fregar y hablar por los codos.

—¿Ya estás aquí, *carina*?

Doña Marieta la saludó al entrar en el pisito. Había vivido treinta años en Italia y hablaba una mescolanza de español e italiano que a veces resultaba ininteligible. En aquel momento hallábase ocupada en hacer febrilmente su *toilette*, temiendo que llegara algún discípulo pillándola desarreglada, lo cual constituía para ella una verdadera tragedia. A pesar de sus cincuenta y cinco años, conservábase vistosa y era extraordinariamente coqueta. Su quimono de seda negra, salpicado de crisantemos rojos del tamaño de coliflores, indicaba cierta ingenua inclinación a lo maravilloso. Sin duda hubiera parecido mejor de haberse ocupado en un detalle tan trivial como la dieta, pero, ante el ayuno, la coquetería de la dama se estrellaba, por ser menor que su apetito.

—Estoy desesperada, *piccina* mía. Es tardísimo y aún no me he quitado los bigudíes. —En sus ojos había lágrimas, como de costumbre —. Me temo que llegará alguien antes de que yo esté decente. En ayunas estoy todavía. *Non* he podido *préndere* ni un poco *di caffé con latte. O Dio, che misera vita!* Así paga el arte a los que se entregan a él en cuerpo *e ánima*.

—Cálmate, tía. Tienes tiempo para todo. La Ballenita nunca viene antes de las once. Mientras tú te desayunas, te quitaré los bigudíes.

La Ballenita era una discípula de doña Marieta que intentaba, sin conseguirlo, aprender solfeo. Era hija de españoles emigrados, que debían tal nombre de «Ballenas» a haber puesto diez años antes una taberna llamada «La Alegre Ballena». De nada sirvió que la taberna prosperase y se convirtiese en bar, después en restaurante, más tarde en hotel y por último en una manzana de casas de ocho pisos. El acaudalado Pedro García seguía siendo el Ballena, y sus hijos, los Ballenatos, para todos los napolitanos.

—¡Oh, gracias, cielo mío! —Doña Marieta se creyó obligada a verter un raudal de lágrimas—. No sé qué sería de mí sin tu ayuda... Pero ¿qué es eso? *Per Dio!* ¡El teléfono! Cógelo tú, *mia colomba.*

Corrió la joven a la habitación contigua y descolgó el auricular.

—¿Quién es...?

Oyó un montón de voces distintas que le hicieron temer fuese un cruce de líneas. Al fin, tras violentos pitidos, escuchó una voz desconocida:

—¡Diana Carlier! ¿Está ahí Diana Carlier?

—Sí. Soy yo... ¡Al aparato!

—¡Dios la bendiga! ¡Ahora o nunca! Soy yo...

—¿Quién? ¿Quién es usted...? —Diana se hallaba tan sorprendida, que preguntó aun sabiendo cuál sería la respuesta.

—¡Cielos! ¡No me diga que me ha olvidado! Soy Max Reinal. El de las iniciales M. R. ¿Recuerda? ¿Es usted misma, Diosa...?

Diana tuvo que dejarse caer en una silla y respirar fuerte.

—Pero..., pero... ¿es verdad que es usted, Max?

—¡Dios la bendiga otra vez! Me llama Max, lo cual quiere decir que soy familiar en su pensamiento. ¿No le dije que volvería a saber de mí...? Ante todo, ¿cómo está? ¿Se porta bien su tía o tengo que maldecirla? ¿Qué? ¿Que es un ángel? ¡Suerte para ella! Escuche. No puedo perder tiempo. Necesito verla. Necesito hablar con usted. Por aquí todo va viento en popa.

—¡Cuánto me alegro! Pero... ¿cómo ha sabido mi dirección?

—Por tercera vez una bendición. ¡Dios bendiga a las agencias de Nápoles!

—¿Está aquí en la ciudad?

Diana oyó su atractiva risa y sonrió también, como le ocurría siempre.

—¿En la ciudad? ¡No! La llamo desde Río de Janeiro.

—¡Desde Río...!

¡Absurdo! ¡Fantástico! Pero ¿aquel hombre estaba loco?

—No podía dejar de oír su voz. ¡Hace un mes, un mes interminable, que no la oigo! Y ni un solo día he dejado de recordar su cabello de oro, sus ojos tan grandes, su rostro de diosa...

—¿Se ha gastado usted un dineral solo para decirme esto?

—Ya le dije que para mí no había distancias. Además, ahora soy casi capitalista. Tío Benjamín es tan angelical como su tía Marieta. Ya le explicaré personalmente. ¿Me oye...? *Personalmente.* Estamos a jueves, ¿verdad?

—En Europa, sí —bromeó.

—Bien. Pues la esperaré el próximo jueves a las once en la plaza Cavour, delante del Museo Nacional. Conozco Nápoles como la palma de mi mano.

—¡Está loco! ¿Pretende estar el jueves en Italia?

—No dude nunca de mi palabra. El jueves estaré a las once en la plaza Cavour y podré llevarla a almorzar a un sitio estupendo que conozco. ¡No falte! ¡Tengo algo importantísimo que proponerle! ¡No! ¡No tema! Es solamente un gran negocio. ¡Oiga! Permítame una pregunta. ¿Y Jorge?

—Perfectamente.

—Pero...

—Todo continúa igual. Me ha faltado valor para aclarar ciertas cosas.

—Lo siento, pero no puedo decir «¡Dios bendiga a Jorge!». No le puedo ver...

—Podrá pasarse sin sus bendiciones.

—¡Mala! Dígame..., ¿sigo sin gustarle nada?

—Me sigue siendo simpático.

—Igual que la otra vez. No he progresado. A mí, en cambio, si antes me gustaba usted, ahora me tiene loco.

—¿Qué le dicen sus presentimientos?

—Cosas malas para Jorge. Pero no hablemos de Jorge. Dígame, Diosa: ¿qué clase de vida lleva ahí?

—Regular.

—Escuche mi profecía. Solo será regular hasta el jueves. Después, magnífica.

—¿Es usted mago?

—Yo no. Usted sí es hada. Y me obliga a realizar milagros. Bueno. Esto se acaba. Dentro de unos segundos habré dejado de oírla y estaré sumido en la desesperación. Piense en mí, ¿lo hará?

—No sé...

—Por supuesto que lo hará. No podría dejar de hacerlo aunque quisiera.

—Es usted de una presunción insoportable.

—No lo crea. Soy el hombre más modesto del mundo. Pero soy M. R. ¡Adiós, princesita! Por última vez, ¡Dios la bendiga!

—Adiós, Max.

—¡Hasta el jueves...!

Durante un rato, Diana estuvo silenciosa, al lado del aparato, con una impresión indefinible. Aquel hombre era... era... No encontraba adjetivo. La turbaba y la sorprendía siempre.

—¿Con quién hablabas tanto tiempo, *carina*? —interrogó tía Marieta asomando la cabeza por la puerta—. Estás sofocada. ¿Alguna mala noticia?

—Al contrario, tía. Era un antiguo amigo que me ha llamado.

—¿Un amigo que ha venido a Nápoles?

—¡No! Me llama desde América.

El *«O dio»* que tía Marieta lanzó pudo oírse desde el corso Víctor Emmanuele.

V

MAX PROPONE

La primera decisión de Diana al despertar aquel jueves de junio fijado por Max para la cita fue la de no acudir a esta. Era ridículo y absurdo creer que se molestase en ir desde Río de Janeiro a Nápoles. Tenía que tratarse de una broma. Imposible que hablase en serio. Pero... si se trataba de una broma, ¿con qué objeto habíala telefoneado? De un hombre como aquel cabía esperarlo todo, por extravagante que fuera. Sin embargo, decidió no ir.

Lo cual no fue obstáculo para que, tras de variar de opinión, desembocase a las once en punto en la plaza Cavour sintiendo una inexplicable emoción. Antes de llegar al Museo Nacional distinguió la elevada silueta de Max, elegantemente vestido de gris, que acudió hacia ella con la alegría pintada en el rostro.

—Gracias por haber venido —dijo, estrechándole la mano con tanta fuerza que Diana sintió la impresión de habérsela pillado con una puerta—. Temí que no acudiera. Veo que cree en mí. —Diana se avergonzó de sus vacilaciones—. El aire de Nápoles ha intentado embellecerla, sin poder mejorar lo inmejorable. Está usted... —se interrumpió—. Bueno. Dejaré los elogios para cuando tengamos más confianza..., dentro de diez minutos.

La primera pregunta de Diana fue para aclarar el misterio:

—¿Cómo ha venido? ¿Por los aires?

—Lo ha adivinado. En un espléndido cuatrimotor.

—¿Y ha hecho el viaje solo por venir a hablarme...?

—No es pequeño el motivo.

Mirole Diana como si le viese por primera vez. Traía el rostro atezado por el sol, lo que hacía parecer aún más verdes sus ojos, tan expresivos. Emanaba de él una inexplicable sensación de anchos espacios y de ejercicios al aire libre. Como de costumbre, lanzó entre dientes su grito de guerra: «¡Ahora o nunca!», mientras la cogía familiarmente del brazo para cruzar la calle.

—Voy a llevarla a un sitio encantador donde almorzaremos bien y podremos charlar. Hoy es un día feliz para mí. ¿Me cree, Diosa?

—Tendré que creerlo si lo dice de ese modo —repuso, contagiada de su optimismo.

—Siento mucho tener que hacerla subir en un autobús, pero me figuro que será más agradable que meternos en uno de esos taxis desvencijados y calurosos. Además, es corto el trayecto.

Poco después instalábanse en un cómodo autocar repleto de turistas, que hacía el recorrido hasta la próxima estación marítima de San Giovanni. La mañana, toda luz de oro, producíales un intenso gozo de vivir. Habían quitado el toldo al coche, lo cual permitía aspirar plenamente la brisa que venía del mar y el sabor dulce del aire campesino, que olía a alegría y a miel.

Una familia de turistas ingleses entreteníanse en sacar diversas instantáneas con la máquina fotográfica, cuyo estuche llevaban pendiente del cuello por una correa, riéndose entre ellos de sus propios comentarios, que sin duda debían tener mucho «humor» inglés. Una pareja de franceses se arrullaba en otro extremo, sin preocuparse por la gente que los observaba. Más allá, un napolitano, cuya indiferencia hacia el paisaje denotaba su conocimiento de él hasta la saciedad, hojeaba indiferente un número de *Lettura*. Delante de él, unas muchachas muy lindas, con un rollo de ropa de baño bajo el brazo, flirteaban con sus vecinos de asiento, que de vez en cuando lanzaban también una mirada de admiración hacia Diana.

Pronto rodó el coche por la blanca carretera, y Max recordó vagamente su última estancia allí, mucho antes de conocer a la joven y de sentirse tan dulcemente atraído por ella. Cariñosamente, hízole referir las incidencias de su viaje y los detalles de su vida en Nápoles. Y mientras hablaba contemplábala fijamente, admirando los bellos rasgos de su rostro, la elegante sencillez del *tailleur* blanco que moldeaba su perfecto cuerpo. Era exquisita. Una voz dentro de Max lo repetía con tanta insistencia, que el grito habíase convertido en obsesión. Jamás mujer alguna habíale impresionado tanto. A todo el mundo le llegaba la hora de enamorarse, y a Max le tocó la suerte de estarlo de una muchacha que quería a otro hombre. El recuerdo importuno de aquel odioso Jorge a quien no conocía le hizo fruncir el ceño, y pronto lo apartó de su imaginación, deseando que nada nublase la alegría de aquellas horas.

—Después de almorzar le hablaré de asuntos serios —indicó cuando Diana guardó silencio.

—¿Por qué no ahora?

—Quizá no le agrade mi proposición, y ello me causará un disgusto que quiero retardar. Pero espero que no.

—Ya hemos llegado.

Bajaron del autocar y encontráronse en pleno campo. A izquierda y a derecha divisábanse, esparcidas por entre los prados, numerosas granjas, deliciosamente floridas, que ponían una nota de variedad sobre el verde del paisaje.

—Nosotros vamos también a una granja que está un poco más allá —observó Max—. Aquí solía yo venir a comer los *spaghetti*, que preparan magníficamente.

Tras de cruzar un pequeño sendero apareció ante sus ojos el edificio elegido por Max. Era semejante a los otros, pero se hallaba enclavado en una pequeña colina, lo que le proporcionaba mejores vistas.

Max y Diana atravesaron el pórtico, florido de siemprevivas, y entraron en la vasta sala que hacía las veces de comedor, ocupada con varias toscas mesitas, cubiertas de alegres manteles, en una de las cuales se situaron. Nadie levantó la cabeza ante su llegada, ni el motorista que comía precipitadamente en un rincón, ni la pareja de ancianos de venerable aspecto, únicos visitantes de la *trattoria*.

El dueño del pequeño *albergo* —un italiano de tez aceitunada y grandes bigotes rabiosamente negros, cuyas guías caían desmayadas hacia abajo— les ofreció un exquisito menú, a base de *spaghetti*, de guisantes y patatas a la crema, aderezados aquellos con un poquito de azúcar moreno, y un par de *piccione*, adobados al estilo de la granja, todo ello rociado con un buen vinillo de Chianti y un *Lachryma Christi* dulce y espumoso que cosquilleaba la garganta.

El pianista que intentaba amenizarles el almuerzo acompañábase a sí mismo para entonar una napolitana, alegre y melancólica a la vez, cuyos ecos se escapaban de la vasta habitación, con techos de vigas negras, para ir a perderse en la campiña:

> *Addio, mia bella Nappoli,*
> *Addio, addio...*

—¿Qué le parece esto? —interrogó Max a la joven, que escuchaba con la mirada perdida en la lejanía—. Muy típico, ¿verdad? Quizás un poco preparado para el turista.

—Pero encantador de todos modos. Le aseguro que hacía tiempo que no disfrutaba tanto como hoy. Por un momento había olvidado el piso de la *strada di Duomo*, las tertulias de tía Marieta, mis discípulos y todo lo demás.

—¿Le gustaría que le proporcionase una nueva lección de español?

—¿Lo dice en serio? ¡Ya lo creo!

—Se trata de mí. Necesito que me enseñen a pronunciar bien. Hace una temporada que se me atragantan las eses y las ces. Y también las erres... Podríamos dar clase seis horas diarias, por ejemplo.

—¿Es ese el negocio tan serio que iba a proponerme?

—No. Pero tampoco eche eso en olvido. Bueno. Puesto que ha tomado su café, empezaré mi narración. —Se llevó la mano a la corbata con ademán de arreglarse el nudo, estiró las mangas y tosió, lanzando después, como de costumbre, su grito de guerra—: ¡Ahora o nunca, Diosa! ¿Se acuerda usted de mi inefable tío Benjamín?

—¡Cómo había de olvidarle!

—Antes de nada lanzaré un «¡Dios bendiga a mi tío Benjamín!», y luego le diré que, a mi llegada a Río, fui recibido con gran «cordialidad». Claro que hacía seis meses que no nos veíamos. Se limitó a estrecharme la mano y decirme: «¡Hola, Max! Veo que te has decidido. Ya era hora. ¿Quieres un cigarrillo?» «¿De los tuyos, tío?» «Naturalmente. No pretenderás que en la fábrica Benjamín se fume otra marca». «Pues, la verdad, no tengo ganas de fumar». Mi tío hizo un gesto, su garganta se contrajo como si fuese a tragar una píldora y, sin otro comentario, fue derecho al asunto. —Aquí Max imitó lo mejor que pudo la voz de su tío—: «Te he mandado llamar para decirte que, hoy en día, mi fortuna asciende a cincuenta millones de pesetas aproximadamente». «¡Caramba, tío! Te felicito». «¡Cállate, necio, y no interrumpas! Cincuenta millones de pesetas que irán a parar íntegramente a la Fundación de Damas Pobres y Desvalidas si tú te obstinas en seguir siendo un mamarracho». «Te aseguro, tío, que no quiero perjudicar los sagrados intereses de esas respetables damas achacosas, débiles e incasables…, o lo que sea. Yo…». Pero mi tío siguió, como si no me oyera: «Como, al fin y al cabo, nos unen lazos de sangre, no quiero abandonarte sin intentar un último esfuerzo en tu favor. Me espanta el que mi fortuna vaya a parar a manos de un ser inútil que la derroche en cabarets y tugurios».

Mi tío no ha estado nunca en un cabaret y tiene de ellos una idea dantesca.

—Hasta ahora su tío me va pareciendo un gran hombre.

—Lo es. Y después de aquel rapapolvo, me presentó un ultimátum: me concedía un año de plazo para «corregirme y sentar la cabeza». Un año durante el cual yo tendría que fundar un negocio de la clase que se me antojara y mantenerlo con prosperidad. Naturalmente, comprometiéndose él a proporcionarme el capital. Solo así demostraría yo capacidad para los negocios y sería digno de heredar a su muerte los cincuenta millones, fastidiando a las desafortunadas «Damas Desvalidas, Enfermas, Achacosas» y no sé qué más. Y aquí estoy, satisfecho de la vida, con grandes ideas en la cabeza y una cuenta corriente a mi nombre en el banco.

—¡Es magnífico, Max! Le felicito. —Tendiole su mano, que él retuvo, a través de la mesa—. Ahora me dirá cuáles son sus proyectos, ¿no?

—Sin duda se estará diciendo interiormente que este asunto no tiene la menor relación con usted. ¿A que sí...? —Diana sonrió—. No lo dice porque es una niña perfectamente educada. Pero le conviene recordar que todo lo que se refiera a Max tiene también que ver con Diana.

—¿Es otra de sus muchas profecías?

—Puede tomarlo de esa manera. —Cambió de tono y añadió—: Voy a hacerle una proposición. Tío Benjamín deja a mi libre elección la clase de negocio que desee emprender. Y como aquí —se golpeó la frente con la mano hay grandes ideas, modernas y originales...

—Es usted de una modestia conmovedora.

—...se me ha ocurrido poner en práctica aquel proyecto en que pensé toda mi vida. No sé si alguna vez le he hablado de él. Una escuela social.

—¿El lugar encantado donde se refinaría la gente tosca y un capitán Bruto saldría convertido en perfecto *gentleman*?

Brillaron de contento los ojos de Max al ver que ella recordaba sus palabras.

—Exactamente. Eso es lo que pretendo hacer. Ya sabe que hay mucha gente de dinero que no tiene «modales» y que, a pesar de su fortuna, se ve imposibilitada de alternar con la mejor sociedad... Pues esta clase de gente serán nuestros «capitanes Brutos». Por desgracia, aún no tengo fortuna personal para que mi idea sea gratuita y filantrópica. Mi escuela por ahora será «Escuela para nuevos ricos». ¿Me comprende? Leo en sus ojos que le parece un poco absurdo. Si usted me desanima, presiento que acabaré organizando una fábrica de tejidos de lana. Será más práctico.

Rio Diana, divertida.

—No le desanimo. Por el contrario, me interesa mucho. Siga hablándome de su escuela.

—Tengo pensado hasta el menor detalle. Habría clases de cultura general y social. Una biblioteca escogida que ayudase a «abrir sus espíritus a la luz»... Profesores de literatura, de buena dicción, de deportes, de *bridge*, de baile, etcétera. Aprenderán a dar recepciones, a moverse con distinción, a escoger sus vestidos con buen gusto. A ser, en fin, personas correctas. Para eso la necesito a usted.

—¿A mí? ¿Tan mal estoy que imprescindiblemente desea reformarme? —preguntó bromeando.

—No se burle, Diosa. La necesito para dar *chic* a mi escuela. Los profesores tendrán que ser gente de la mejor sociedad. De esa clase de gente cuyos nombres aparecen a menudo en todas las revistas internacionales del gran mundo. Para que los discípulos puedan decir cuando abandonen el barco: «Cuando yo hablaba con mi amiga la condesa de Tal, o mi amigo el duque de Cual...». Porque se me olvidaba decirle lo principal. La escuela la fundaré en un barco.

—¡Un barco!

—Hay que presentar las cosas atractivamente. A la vez que aprenden, los «capitanes Bruto» harán un viaje magnífico. Por ejemplo: Nápoles, África...

—Tahití... Singapur...

—China... Noruega...

—Suecia... Cape Town...

Rieron a dúo.

—En serio. Un viaje interesante, durante el cual podrán asistir a grandes fiestas y observar diversas costumbres. El viajar cultiva el espíritu.

—¿Y de dónde va a sacar el barco?

—No sé. Quizá mi amigo Leo me alquile su yate.

Hubo una pequeña pausa. Por la ventana abierta subía el perfume de los macizos en flor.

—Tengo algo que quizá pueda convenirle —dijo Diana al cabo—. Como restos de mi casa armadora, que continúa liquidando, conservo un barco algo viejo, encallado cerca de Sitges, con el cual todavía no se han metido los acreedores, sin duda por fastidiarles la tarea de ponerlo a flote, aunque no creo que esto fuese difícil.

—¿Qué clase de barco es?

—Un barco de transporte que podría reformarse con poco trabajo. Es bastante grande. *El Bengala.*

—*¡El Bengala!* —Max lanzó una sonora carcajada que sobresalió por encima de la voz del cantante-pianista (el cual entonaba en aquel momento la napolitana número ocho)—. Tiene gracia que sea precisamente el *Bengala.* Lo conozco bien. En él hice mi aprendizaje de fogonero... ¡con el capitán Bruto...!

Media hora después, Diana y Max continuaban discutiendo el mismo asunto, acalorados y contentos, con los ojos brillantes y la sonrisa en los labios. Habían abandonado la granja para caminar sobre la hierba, acabando por sentarse sobre ella, con la inconsciente embriaguez que les producía el contacto con la naturaleza.

—Así, pues, dígame que acepta, Diosa —suplicó al fin Max.

—Si me llama Diosa, no aceptaré.

—Ya sabe las condiciones. Iremos a medias en todo.

—¿Y por dónde aparecerán los discípulos?

—No se preocupe por eso y déjelo de mi cuenta.

—No puedo aceptar sin contar con mi tía. Tendrá que venir conmigo. No sería correcto que viajase sola con usted.

—Casémonos. ¿No le parece una excelente solución?

—Hay también otra cosa —continuó ella sin hacerle caso—: Jorge.

—¡Jorge! ¡Siempre Jorge! ¿Quién es Jorge? ¡Maldito sea Jorge!

Levantose Diana y se alejó unos pasos.

—¿Se ha enfadado? ¡Perdóneme! Diré: «¡Dios bendiga a Jorge!» ¿Le basta?

Lentamente anduvieron en silencio.

—Quiero ser leal con usted —dijo ella—. ¿Se da cuenta de que con eso me ofrece mi… emancipación material, quizás el principio de una pequeña fortuna, que yo emplearía en… casarme con Jorge?

Calló Max y durante un rato sus verdes ojos parecieron absortos en la contemplación de los montes cercanos. Habló, al fin, con voz extraña:

—Creo que… no tendría derecho a condenarla a la pobreza por miedo a Jorge. Le doy a usted una oportunidad, ciertamente. Pero yo me quedo con otra.

—¿Cuál?

—La de enamorarla. Podré verla a todas horas… y ¡quién sabe…! Pero aunque así no fuera. Prefiero verla contenta y feliz, aunque sea con… Jorge, que saberla sola y desgraciada… —Interrumpiose un segundo, volviendo a hablar impetuosamente—: ¡Borre esto que acabo de decir!

—¿Cómo?

—¡Que borre lo de contenta y feliz con Jorge…! Me retracto de ello. Después de decirlo me ha sonado malísimamente. ¡No me resigno!

—¿Prefiere lo de «pobre, sola y desgraciada»?

—Seré una fiera sin entrañas, pero me duele un poquitín menos que lo otro. Dígame, Diana: ¿acepta?

—Tía Marieta tiene la palabra.

VI

LO QUE PIENSA APOLO

El príncipe Nipoulos hizo los últimos movimientos de gimnasia y se tumbó en el diván para que el masajista japonés le diera toda una colección de cachetes en pecho y espalda, cachetes que impedirían que la grasa se amontonara y deformase el físico más perfecto de Europa.

Mientras el japonés hacía girar sus manos en el aire —como un virtuoso del violín que preparase sus dedos para actuar—, Jorge apartó a un lado la bandeja con el correo que su fiel criado le ofrecía. No ignoraba que la mayoría de los sobres encerraban un desagradable contenido: facturas y más facturas. Apremios del sastre, de la florista y hasta de su propio casero. Los proveedores eran gente impertinente que ignoraban toda clase de delicadezas. ¡Atreverse a enviarle facturas a él, al príncipe Nipoulos...! Claro que hacía dos años que no pagaba al sastre y que la cuenta de este ascendía a... ¿cuánto...? Mejor era no pensarlo. Pero tampoco Pedro cobraba desde tiempo inmemorial y, sin embargo, era el ayuda de cámara más perfecto que conocieran los siglos. Jorge veíale moverse silenciosamente por la habitación, preparando la ropa de su amo y eligiendo el frasco de fricción para perfumarle el cabello. Pedro veía sin duda colmadas sus ambiciones sirviendo, aunque fuera gratuitamente, al gran príncipe Nipoulos, lo cual le daba categoría a él casi, casi... de gran duque. Y sin duda había llegado a creer esto, dado el modo altanero con que miraba al mundo entero, excepción hecha, naturalmente, de su señor, a quien adoraba...

—¿Qué se cuenta por ahí, Aro-kito? —interrogó Jorge al japonés, quien diariamente le proporcionaba un interesante caudal de chismes y cuentos.

—Nada de particular, Excelencia. Lo de siempre. París es un semillero de escándalos. Pero de ayer a hoy nada nuevo ha ocurrido..., si se exceptúa, naturalmente, la disputa del conde de Elguer y su prometida.

—¿El conde de Elguer? ¡Imposible! Anoche cené con ellos en el *Chardon Bleu* y parecían bien avenidos.

—«*Parecían*». Vuestra Excelencia lo ha dicho. —El masajista siguió hablando con voz melosa e imperturbable sonrisa en los labios—. Pero precisamente apenas se retiró Su Excelencia del restaurante estalló la tormenta. Parece que el conde de Elguer está celoso de Su Excelencia.

—¡Celoso! ¡Qué estúpido! ¿Celoso de mí? Naturalmente, hay que estar celoso de todo el mundo cuando se tiene esa inmunda cara de asno.

El príncipe Nipoulos aborrecía la fealdad física y solía encontrar feas a casi todas las personas, lo cual era causa de que sus relaciones con el género humano no fuesen muy cordiales.

—El conde de Elguer pretende que su prometida es excesivamente amable con el príncipe Nipoulos. Y a voz en grito la increpó en el *Chardon Bleu*, hasta que ella le lanzó una copa de champán. Total: una boda que se deshace.

Jorge suspiró con mal humor:

—Está visto que en París no se puede sostener un discreto *flirt* sin que en seguida la gente murmure. ¿Crees que eso tendrá arreglo?

El japonés movió la cabeza.

—Mal asunto, Excelencia. Como fiel servidor de Su Excelencia, yo le aconsejaría un pequeño viaje de un par de meses para alejarse de París. Hay también el asunto de lady Fitz-Harold. Ya sabe Su Excelencia que me honra con su confianza desde que soy su *masseur*.

—¡Pobre Aro-kito Demasiada grasa, ¿eh? —comentó, guiñando un ojo.

—¡Secreto profesional, excelencia!

—¿Y qué enredos se trae conmigo esa anciana señora?

—¡Moriría en el acto si se oyera llamar anciana por su excelencia! —insinuó el masajista.

—¡Me guardaré de decírselo!

—Lady Fitz-Harold pretende que su excelencia la hará, tarde o temprano, princesa Nipoulos.

Jorge lanzó una carcajada ruidosa y soportó estoicamnte el palmetazo que el japonés le propinó en el estómago para que se estuviera quieto.

—¡Casarme yo con lady Fitz-Harold, que tiene cerca de sesenta años! ¿Oyes esto, Pedro?

La boca de Pedro dibujó una correcta sonrisa, que agrandó aún más su cara de luna llena, y dirigió al espacio un gesto de desdén, único comentario a la pretensión inaudita de la vieja dama.

—¿Y puede saberse qué razones tiene lady Fitz-Harold para justificar sus pretensiones?

El japonés titubeó tan solo un momento y en seguida explicó:

—Mi distinguida clienta cuenta a quien quiera oírlo que su excelencia le hace discretamente la corte... Y que, además, le pidió prestada una fuerte suma de dinero.

—¡Puerco dinero! —Para que el príncipe Nipoulos lanzara una palabra gruesa debía estar muy irritado. Así lo comprendió el masajista, que creyó prudente no insistir, guardando un discreto silencio—. ¡Puedes decir a ese viejo loro que pronto le devolveré hasta el último céntimo! Y que deje de soñar cuentos fantásticos. ¿No digo bien, Pedro?

Pedro, que, sin abusar, gozaba de la plena confianza de su señor, se inclinó en señal de asentimiento.

—Creo, como Aro-kito, que el aire de París no nos conviene, alteza. —El ayuda de cámara era el único que daba al príncipe este tratamiento, al cual no tenía derecho, por no estar emparentado con ninguna casa reinante. También acostumbraba hablar en plural, diciendo «nos» como si Jorge y él fuesen dos personas y un solo ser—. ¿No cree vuestra alteza que un viaje por el extranjero nos sentaría bien? La sociedad parisiense no nos comprende.

—Tienes razón, Pedro. Tú siempre tienes razón. Más tarde discutiremos eso. Ahora vísteme. Basta por hoy, Aro-kito. Mañana, a la misma hora.

Aro-kito recogió sus útiles profesionales, cremas, lociones, astringentes, etc., en un estuche azul y se retiró discretamente, preguntándose cuándo creería oportuno su excelencia abonarle los honorarios atrasados.

Jorge concluyó de vestirse en silencio, ayudado por el irreemplazable Pedro, y se trasladó después al suntuoso comedor, donde le esperaba el desayuno, tan frugal como era de esperar en una persona que cultivaba su belleza física.

—Pedro...

—Alteza...

—Elige las cartas que te parezcan interesantes entre el correo.

—Tan solo una, alteza. Es de Nápoles. Hacía tiempo que no recibíamos nada de allá.

—Dámela. Las demás puedes quemarlas.

—Por supuesto, alteza.

Jorge aspiró, antes de abrirla, el perfume sutil y agradable que le recordaba la bella y juvenil figura de su prometida. Teníala un poco olvidada desde hacía unos meses. Y, sin embargo, de todas las mujeres que conociera, era la única que ejercía sobre él cierta fascinación, emanada de su extraordinaria belleza física. Encontraba a Diana lo suficientemente hermosa para ser digna pareja del príncipe Nipoulos. Además era millonaria, lo cual para Jorge resultaba imprescindible, y le amaba sinceramente. Todo ello fue motivo de que se decidiera a declararse. Estaba orgulloso de ser el novio de una heredera tan codiciada, aunque el noviazgo pareciese un poco enfriado en los últimos tiempos. Jorge era un poco inconsecuente, y Diana no había vuelto a París desde el otoño anterior. Pero eso no era obstáculo para que las relaciones continuasen cordiales por carta. Sin embargo. Las últimas frases de Aro-kito habíanle hecho pensar que ya era hora de arreglar aquella situación monetariamente agobiante. Tenía deudas que apremiaban y que era preciso saldar. Además, las mujeres no le dejaban en paz, metiéndole en desagradables conflictos. Cuando le vieran casado, serían probablemente más discretas. Por añadidura, amaba a Diana a su manera. Indudablemente estaba perdiendo un tiempo precioso.

Desdobló el pliego de papel y leyó la carta de un tirón, volviendo después a leerla más despacio, deteniéndose en los párrafos que le parecieron más interesantes:

«... últimamente he pasado una mala temporada de los nervios, pero otra vez me encuentro mejor, y de nuevo he vuelto a ser la Diana alegre y optimista que tú conoces. Quizá se deba esto a que antes me aburría y ahora he encontrado un entretenimiento que me distrae muchísimo. Figúrate que mi tía y yo nos hemos metido en una obra filantrópica. Se trata de una "Escuela Social" que ha fundado uno de nuestros amigos con el objeto de educar al género humano. Para ello son requeridas gentes de la mejor sociedad, con objeto de actuar de profesores desinteresadamente. Va a resultar muy divertido, porque la escuela estará instalada en uno de mis barcos, el *Bengala*, en el que, de paso, viajaremos. Hay en proyecto un crucero de dos meses (lo que dure el curso de enseñanza) por el Mediterráneo. Ya te iré dando detalles de mi actuación como profesora social. ¿No encuentras que es una idea simpática?».

Jorge dejó el pliego sobre la mesa y bebió la segunda taza de té puro, mientras su imaginación trabajaba laboriosamente. Cuando al fin, tras de colocarse un pequeño capullo de nardo en el ojal de la americana, se dirigió hacia la calle, con objeto de echar un vistazo a su despacho de la Embajada —vistazo al que se limitaba toda la labor del príncipe en aquella—, tenía ya formado su plan.

—Ve preparando las maletas —dijo a Pedro al salir.

—¿Para un largo viaje, alteza?

—De dos o tres meses. Voy a casarme, Pedro. ¿Qué te parece?

—Que es lo mejor que podemos hacer, alteza.

Y amo y criado cambiaron una mirada de comprensión.

VII

COMIENZA EL VIAJE INOLVIDABLE

Doña Marieta se dejó caer extenuada en una hamaca de la cubierta, resoplando fuertemente y secándose el sudor con un fino pañuelito de batista. Era demasiado. ¡Demasiado…! Otro día más en aquel caos, en aquel vértigo de ir y venir, de hacer preguntas y dar respuestas rápidas, de correr de un lado para otro, de subir y bajar, le costaría la vida. Y si ella estaba fatigada hasta sentir deseos de llorar, ¡qué no estaría Diana, y sobre todo Max, aquel hombre-torbellino que en menos de un mes había conseguido poner a flote el *Bengala* y convertirlo en una preciosidad de barco, limpio, blanco, moderno, con los dorados y los esmaltes reluciendo al sol! Y no solo eso. También había tenido que buscar los pasajeros —lo cual no fue cosa fácil, pues Max exigía un precio exorbitante para ingresar en su escuela social—, había organizado las clases y buscado los profesores, decidido el itinerario del viaje, contratado la tripulación y la orquesta, y un sinfín de cosas más que hubieran vuelto loco a cualquier hombre que no fuese aquel. Doña Marieta, al pensar en Max, suspiró con melancolía. Desde que Diana se lo presentó, había admirado al muchacho, y su melancolía databa de no tener treinta años menos y de no estar en el apogeo de su voz. Ahora se contentaba únicamente con alabar a Max y decir a cada minuto, refiriéndose a él: «¡Qué hombre!», o «*Quell'uomo*», en italiano.

En realidad, casi el mayor milagro de los realizados por Max era el de haber revolucionado la existencia metódica y sedentaria de la buena señora. Había triunfado sobre *il signore Bazzoni*, sobre *donna* Teresina, sobre las tertulias de jueves y domingos y sobre veinte años de monotonía. Ciertamente, le costó algún trabajo convencer a doña Marieta de que no había obra más hermosa para una gran artista retirada de la escena que actuar de profesora de canto y de música en su Escuela Social. Y doña Marieta, animada también por el generoso sueldo ofrecido, había aceptado, entregándose en cuerpo y alma a la obra de Max.

Estaba orgullosa de haber contribuido con la aportación de algunos pasajeros, la familia Ballena en pleno, que deseaba presentar a la Ballenita en sociedad el próximo invierno y quería tener para entonces modales principescos. Un rudo trabajo para los profesores.

Solo hacía una semana que el *Bengala* llegó a Nápoles limpio, dispuesto y preparado para recibir a los pasajeros y emprender el viaje. Y aquella semana de agitación era la que había agotado las fuerzas de doña Marieta.

Sacando nuevas energías, la dama se levantó, abriéndose paso por entre el numeroso gentío que invadía la cubierta, dirigiéndose hacia la pasadera. Faltaban solo unos minutos para que el *Bengala* levara anclas en dirección a Palermo, y deseaba ver si alguien había acudido a despedirla.

Cerca del portalón divisó a Max sonriente, encantado, ajeno a toda idea de fatiga, con un suéter azul marino y un pantalón blanco, repartiendo saludos y apretones de mano a los que llegaban, como un anfitrión amable que recibiese a sus invitados. Cerca se hallaba también Diana, cuyo cambio de carácter alegraba y desconcertaba a su tía. A la llegada de la joven a Nápoles, doña Marieta habíala encontrado triste y desanimada. Pero el proyecto de la escuela social hizo asomar los colores a su lindo rostro y la sonrisa a sus labios.

También deambulaba por cubierta Leo, aquel amigo de Max, que se había empeñado en actuar de *barman*.

«Es muy necesario que la gente aprenda a beber», había dicho con gran seriedad. Y Max lo recibió a bordo a pesar de doña Marieta, que lo encontraba excesivamente bromista e impertinente, con un mechón de cabello oscuro sobre un ojo y cara de borrachín empedernido.

La orquesta, uniformada con chaquetillas rojas y pantalones blancos, interpretaba sobre el puente aires alegres que daban la bienvenida a los viajeros.

—¡Alto, doña Marieta! ¿Todo marcha bien? —gritó Leo al pasar acompañando a la Ballenita, cuyo traje, de un verde chillón, era de un mal gusto intolerable—. Si se siente fatigada, vaya al bar y le haré un cóctel explosivo.

Doña Marieta no se dignó responder y pronto sus ojos se llenaron de lágrimas al advertir un tímido grupito que se vislumbraba en un rincón de la cubierta. Allí estaban *il signore* Bazzoni, la Montesi, *donna* Teresina, los dos tenores gordos y también, ¡oh, dicha!, la anciana doña Carmen, con su carita arrugada como un zurcido, que acudían a decir adiós a su antigua amiga. Aquí, el sensible corazón de doña Marieta pareció romperse en pedazos y cayó sollozando en brazos de sus compañeros de tertulias.

—Solo faltan cinco minutos para zarpar —dijo Max a Diana alegremente, y esta le contestó con una sonrisa—. ¡Ahora o nunca, Diosa! Nuestra empresa va a ponerse en marcha. ¿Sientes emoción? —comenzó a tutearla con naturalidad.

—No puedo negarlo.

—¿Quieres que te diga mis presentimientos...? Presiento que va a ser este un viaje inolvidable. Ya verás como no me equivoco. ¿Qué hay, capitán? —interrogó volviéndose hacia el aludido—. ¿Listos para zarpar?

—Si no dispone otra cosa, mandaré que desaloje este gentío.

—¡Magnífico...! ¿Oyes esto, Diana? Vamos a zarpar. Me hace el efecto de que te rapto como si fuera un pirata... Un pirata que rapta a una princesita. ¿Sabes quién es la princesita?

—Quizá tía Marieta...

—Te voy a castigar...

—¿Atándome al palo mayor?

—Atando tu mano a la mía para no separarnos ni un momento.

—¡Qué horror! Descubro en ti un terrible temperamento de negrero...

—Diana... No puedo remediar el hacerme la ilusión de que vas a quererme alguna vez. Dime que no me equivoco.

—Está feo decir mentiras, M. R.

—¿Cómo me has llamado? ¡Repite eso!

—Te he llamado M. R.

—¿Sabes lo que significa?

—Tus iniciales.

—Las iniciales del hombre que será tu esposo.

—¡Por lo menos eso pretendes! ¡Niego que tenga ese significado!

—¡Créeme, Diana! ¡Soy tu destino y es inútil que intentes rebelarte contra él...! Hermosa algarabía, ¿verdad?

Referíase al ruido de la orquesta, al cual se había unido el tronar de la sirena, los saludos cambiados a gritos, el crujir de hierros y cadenas de la levadura de ancla. Risas, llantos, frases sueltas que quedaban flotando en el aire hasta que otras más fuertes las apagaban.

—¡Buen viaje!

—¡Cuídate, *piccina* mía!

—¡Que encuentres un buen novio!

—¡Mario, acuérdate de tu propensión a constiparte!

—¿Lleváis la máquina fotográfica?

—¡Adiós, Giulio! Que cuides bien de mis pájaros... Ya sabes, dos terrones a *Schippa* y una hoja de lechuga a *Gigli*.

Y luego, abrir y cerrar los bolsos, sacando pañuelos para los adioses.

Por encima de todo aquel barullo, algo distrajo la atención de Max. Dos hombres corrían por el muelle a la máxima velocidad que les permitían sus piernas, intentando, sin duda, llegar a tiempo para saltar sobre la pasadera antes de que esta se levantase. El joven distinguió dos rostros desconocidos, perteneciente uno a un joven elegante y el otro, redondo como una luna llena, a un hombre de más edad. Abriéronse paso a codazos por entre la gente, y Max los detuvo en el mismo portalón de cubierta.

—Por favor, ¿quieren decirme qué desean?

El príncipe Nipoulos miró de arriba abajo al que le hablaba y, sin contestar directamente, secose el sudor con un pañuelo perfumado.

—Un minuto más y hubiera perdido el barco. ¿Quiere conducirme a la presencia de la señorita Carlier?

—Perdón. ¿Tendría la bondad de enseñarme los pasajes? Vamos a zarpar dentro de un minuto y no se admiten visitantes a bordo.

El príncipe Nipoulos dio un paso hacia delante sin prestar atención a Max. Naturalmente, Pedro, el modelo de ayudas de cámara, dio otro paso en idéntica dirección. Pero no contaban con la tenacidad del otro, que de nuevo rogó:

—Los pasajes, caballeros...

—¡Basta! —Con su mano, exquisitamente enguantada, Jorge hizo ademán de sacudirse de encima a Max, como quien sacude un impertinente mosquito—. El príncipe Nipoulos no necesita pasaje para embarcar en un yate de su prometida. —¿Qué hay, Diana? —saludó advirtiendo por fin a esta, que parecía la estatua de la consternación.

Max, con el gesto del hombre a quien acaban de condenar a muerte, los dejó pasar, soportando a duras penas la desdeñosa mirada de Pedro, aquella mirada que era una muda condenación a todo ser humano que no fuera príncipe ni se llamara Jorge Nipoulos.

El cielo azul, el alegre bullicio, todo cambió para Max, a quien la maravillosa bahía de Nápoles pareció en aquel momento un terreno seco y pantanoso, cobijado por un firmamento plomizo. Sentía que se apoderaba de él una ira loca, la cual le hizo aproximarse a Diana violentamente, y la muchacha advirtió en sus ojos una tempestad próxima a desencadenarse.

—¡Tú aquí, Jorge!

En el saludo de Diana había más sorpresa que alegría. El que Jorge tuviera la ocurrencia de presentarse allí en aquel momento la desconcertaba, impidiéndole sentir la felicidad que otras veces había experimentado en su presencia.

—¡Aquí estoy, querida mía! No dirás que no he sabido sorprenderte... —Diana, por supuesto, no lo decía—. Por poco llego tarde, y hubiéramos tardado más días en reunirnos. Por cierto —sonrió benévolamente—, este empleado tuyo no me dejaba entrar sin pasaje.

Lanzó una pequeña carcajada, y Pedro, el modelo de ayudas de cámara, que, como de costumbre, escuchaba a diez pasos de su amo todo cuanto este decía, lanzó otra, más apagada y discreta.

—El señor..., ejem..., el señor Reinal no es ningún empleado, Jorge. Max, disculpe la confusión.

Hizo las presentaciones y los dos hombres se inclinaron sin tenderse la mano. Titubeó Diana antes de afrontar la cuestión:

—¿Vas a quedarte a bordo, querido?

Aquel «querido» atravesó el corazón de Max, y si no le dejó instantáneamente muerto fue porque las palabras no matan.

—Me parece —intervino con voz ronca—, me parece, Diana, que no hay ningún camarote libre.

Con los nervios en tensión, dirigiole ella una mirada suplicante.

—¿De veras no podrá arreglarse?

—¡Cómo! —El príncipe Nipoulos había tomado la palabra y hablaba autoritariamente—¡Vengo firmemente decidido a no quedarme en tierra! ¡Pedro!

—Alteza...

—Encarga que suban mis maletas. ¡No se discuta más el asunto! Siempre habrá algún sitio libre.

—Quizás en la bodega —sugirió Max agriamente.

Diana intervino con rapidez:

—Max es muy bromista. Pero ahora recuerdo que tía Marieta ocupa un camarote espléndido y puedo irme con ella, dejando libre el mío.

—¡Perfectamente! —aceptó Jorge, que encontraba natural que Diana se molestase por él—. Y ahora ven, querida. —La cogió por el brazo y dirigió a Max una leve inclinación de cabeza—. Encantado de conocerle. —Después de lo cual se alejó, *llevándosela*.

Las tres cuartas partes de la razón de Max se sublevaron, incitándole a lanzarse al cuello del príncipe Nipoulos y dejarle estrangulado en cubierta.

La cuarta parte restante conservó la serenidad suficiente para continuar dirigiendo sonrisas en derredor.

Vio pasar al insoportable Pedro, seguido de un marinero cargado con unas maletas elegantísimas, y escuchó, sin oír, los adioses finales y los acordes en *crescendo* de la orquesta, mientras el barco se alejaba del muelle.

A su lado, alguien sollozaba ruidosamente. Era doña Marieta agitando su pañuelo en dirección a un pequeño grupo, que por fuera solo era un conglomerado de viejecitos mal vestidos y en realidad, una reunión de corazones leales; el grupo se achicaba, se achicaba hasta semejar un montoncillo de tierra parda.

Max murmuró entre dientes:

—¡Buen comienzo del «viaje inolvidable»!

Lejos, el Vesubio dejaba escapar su denso penacho de humo.

VIII

ESCUELA SOCIAL

—Creo, señorita, que lo mejor será concluir por hoy la lección. Está fatigada.

La señorita Araceli García, por otro nombre «la Ballenita», se restregó la muñeca dolorida y entregó a Max el «club» de golf.

—No podía sospechar que este deporte de lanzar pelotas a los agujeros pudiera ser tan apasionante —dijo con su más graciosa sonrisa—. ¿Lo hago muy mal?

—Muy mal, no —concedió Max, que interiormente se preguntaba cómo podía haber en el mundo personas tan obtusas. Por dos veces, la Ballenita había estado a punto de golpear a su profesor, la primera con el bastón y luego con la pelota, que se estrelló a dos milímetros de su cabeza. Todo lo cual excitaba la risa de la muchacha y también la de Max, porque la risa de Araceli era contagiosa.

Continuamente reía. Estaba encantada de haber nacido y sobre todo de navegar en un lujoso barco entre gente *chic,* con profesores guapísimos que no la dejaban aburrirse ni un solo instante, instruyéndola, entre otras cosas menos divertidas, en los secretos del golf, del tenis, del *bridge,* de la cultura física, de los «buenos modales». Los almuerzos serían perfectos si no estuviesen adornados con las discretas advertencias de los profesores que por turno se sentaban en cada mesa:

—Por favor, señorita García. El cuchillo apóyelo entre el pulgar y el índice, no lo agarre con toda la mano. Así, perfectamente. El tenedor no lo coja tan abajo, y los codos no los separe del cuerpo.

Claro que todo esto era lo convenido, porque ellos necesitaban «pulirse» para no hacer el ridículo el próximo invierno, cuando se instalasen en la lujosa villa que su padre había comprado en Roma y ella fuese presentada en sociedad. Por supuesto que Godofredo no llegaría a pulirse nunca. Era muy burro su hermanito y nadie conseguiría jamás curarle el vicio de masticar café en grano, del cual llevaba siempre llenos los bolsillos, perfumándole desagradablemente. Tampoco tendría remedio su padre. La Ballenita era pesimista. Cien años que viviera, cien años que estaría recordando anécdotas de sus tiempos de tabernero, como si aquella época hubiese sido la más brillante de su existencia y por ese motivo la tuviera grabada en la imaginación.

Padre e hijo eran bien distintos de su madre y de ella... La señora de García, lo mismo que Araceli, sentía la noble ambición de subir y de mejorar, por lo cual habían acogido ambas con júbilo la existencia de aquella Escuela Social regida por aristócratas.

La obsesión de la Ballena madre era la de que su hija hiciese un buen matrimonio. Consideraba buen marido a todo hombre que ostentase algún título nobiliario, aunque no tuviese un céntimo, Porque ya los suegros se encargarían de dorar sus blasones. Estaba segura de conseguir algún día su objetivo. Contaba, además de su enorme fortuna, con los encantos físicos de Araceli, que a los diecinueve años era una morena lindísima y vivaracha, en cuyo rostro, de piel bronceada, destacaban los ojos, grandes y negros, y los labios, gordezuelos, pintados siempre de un rojo muy chillón. A pesar de que estaba admirablemente formada, hubiera asustado a un pretendiente observador la marcada tendencia a las curvas pronunciadas, lo cual presagiaba en lo porvenir una opulencia física como la de sus padres.

—¿Me acompaña al bar —sugirió la joven— ¿o tiene que dar alguna otra lección?

—Por esta mañana he concluido mi trabajo —repuso Max abriendo la puerta y subiendo tras ella a cubierta.

El *Bengala* navegaba en dirección a Palermo, donde llegarían al mediodía. El sol brillaba muy alto en el cielo y una ligera brisa levantaba cierta marejadilla que se deshacía en espuma contra los costados del barco. Tumbados en las largas sillas de lona, algunos pasajeros se reunían en pequeños grupos, en uno de los cuales distinguíase a doña Marieta, muy acicalada con un elegante traje gris y una pequeña boina sujetándole el cabello.

La mayoría de los jóvenes habíanse refugiado en el bar, del que salía un rumor de música de baile y de conversaciones interrumpidas por alegres risas.

La Ballenita se colgó familiarmente del brazo de Max, con el deseo especial de acapararlo evitando que cualquier pasajera se lo arrebatase, como ocurría siempre, con el pretexto de hacerle una pregunta. De esta manera entraron, en el bar, y Max apretó los dientes al encontrar la correcta figura del príncipe Nipoulos —pantalón blanco, chaqueta azul y gorra de plato, semejante a un marino de opereta—, que fumaba plácidamente uno de sus exquisitos cigarrillos, mientras contestaba con monosílabos a las preguntas del Ballena padre, que con el resto de su familia esforzábase desde una mesa contigua en entablar conversación.

Max buscó con la mirada a Diana y la vio bailando con un hombre casi anciano, esposo de la señora de plateados cabellos que, a su vez, bailaba con Leo en aquel instante. Tratábase del matrimonio Calierno, unos napolitanos de clase modesta que, como los Ballena, habíanse visto repentinamente enriquecidos y deseaban aprender a alternar en sociedad para que cuando su hijo volviese de un viaje se encontrase gratamente sorprendido.

—No tenemos más que ese hijo —habían explicado a Max— y le hemos enviado a Alemania a que concluya su carrera de ingeniero y para que vea mundo. Ahora tememos que cuando vuelva nos encuentre muy bastos. Como le enviamos mucho dinero, vive en un ambiente refinado. Queremos también nosotros ponernos a su altura.

El simpático matrimonio pagó sin rechistar el precio de su ingreso en el *Bengala*.

—¡Araceli! —La Ballena madre llamó a gritos a su hija desde el extremo del salón—. ¡Araceli! ¡Ven en seguida!

Araceli, sin soltar el brazo de Max, se abrió paso por entre las parejas de bailarines, acercándose al sillón de mimbre azul y blanco sobre el que se desbordaba la opulenta figura materna.

—¿Dónde te has metido, boba...? ¡Siempre desapareces en el momento más inoportuno!

Hizo inclinarse a la muchacha para hablarle al oído y ordenó:

—Deja ahora mismo al profesor y siéntate aquí. Tengo que decirte algo importantísimo.

La Ballenita tendió la mano a Max con amable sonrisa.

—Luego bailaremos juntos, ¿verdad? Mamá quiere que descanse un rato.

Max, contento de escapar, se inclinó cortésmente y se alejó con excesiva prontitud, instalándose en el bar, sobre un elevado taburete.

—¿Qué quieres, mamá? ¿Por qué me interrumpes cuando estoy pasándolo bien?

—¡Calla, Araceli! ¡Estoy emocionada! Escucha.

Interrumpiose para increpar a su hijo, que acababa de llevarse a la boca disimuladamente dos granos de café.

—¿Tú qué escuchas, Godo? Más te valdría subir a cubierta y entretenerte en hacer ejercicio, como todos los chicos de tu edad.

Godo —catorce años insoportables, cuello duro y gafas de carey— encogiose de hombros, según tenía por costumbre, y se entretuvo en limpiarse las uñas metiéndose las unas dentro de las otras, hasta que, juzgando, al fin, que ya estaban limpias y apetitosas, se entregó al inefable placer de roérselas.

La señora de García encarose de nuevo con su hija.

—¿A que no sabes quién hay a bordo...? ¡Un príncipe!

Araceli abrió sus grandes ojos, redondos como los de una muñeca, y repitió con deleite:

—¡Un príncipe!

—¡Un príncipe de carne y hueso; —aclaró su madre, jubilosa—! ¿No es una maravilla...? Y además joven y guapo. En una palabra, ¡ese que está ahí sentado con gorra blanca!

Y al decir esto señaló a Jorge con el dedo corazón, grueso y enjoyado.

La Ballenita contempló al príncipe sin pestañear durante treinta y tres segundos, preguntándose interiormente cómo era posible que Jorge estuviese tranquilamente sentado como un mortal cualquiera en lugar de dar saltos de júbilo por el hecho maravilloso de haber nacido príncipe.

—¿Comprendes por lo que te he hecho venir y dejar al señor profesor...? He indagado convenientemente. Ese Max es de familia distinguida, pero no tiene título. El otro profesor, Leo, es millonario, pero sin título también, aunque sea hijo de un conde, pues tiene un hermano mayor. Lo que ahora nos interesa es saber si el príncipe es soltero. En caso afirmativo —la Ballena hizo una pausa para dar más emoción a su frase—, ¡el objetivo de tu viaje será la conquista de ese príncipe!

—¡Pero, mamá, no seas ridícula!

—¡Ni media palabra más! El destino lo pone ante ti y no es cosa de rechazarlo. Creo que es soltero, porque no lleva anillo. Pero, para mayor seguridad, se lo preguntarás tú misma.

—¡Yo! ¿Estás loca?

Por toda respuesta, la Ballena se inclinó hacia la oreja de su marido, que, vuelto de espaldas, ofrecía en aquel instante al príncipe una pitillera llena de egipcios.

—¿No quiere un cigarro? ¡Son muy buenos según dicen! Yo no los pruebo. Los llevo siempre para los amigos. A mí me gusta más el tabaco picado, para liarlo yo.

Rio estrepitosamente y volviose hacia su mujer, que le pellizcaba.

—¿Qué quieres? ¿No ves que estoy dialogando con…?

—¡Calla, Anselmo! Fíjate bien en lo que voy a decirte. A ver si con disimulo sugieres al príncipe que baile con la niña. Pero dilo con mucho disimulo.

—¿Nada más que eso…? ¡Bueno, mujer, bueno!

El infeliz Ballena hizo girar la silla, que crujió lastimosamente, acercándola un poco hacia la mesa del príncipe, y de nuevo se encaró con él.

—¿Sabe usted lo que me decía mi señora? —comentó guiñándole un ojo con picardía—. Que por qué no baila usted con mi chica. Me figuro que en el precio del pasaje estará ya incluido el baile con usted, ¿no…? ¡Y si no, se paga lo que sea…!

La Ballena madre dio un furioso resoplido; Araceli enrojeció hasta la raíz del cabello, y Godo, aprovechando aquella confusión, lanzó a las pantorrillas de los bailarines varias bolitas de café.

El príncipe Nipoulos quedó un instante en suspenso, sin saber si ofenderse o reírse. Contempló los bondadosos ojillos del Ballena y las caras alteradas del resto de la familia.

—Sin duda sufre un error —murmuró con aquel tono negligente que empleaba, como si le fastidiase gastar palabras en instruir a la gente—. Yo no soy profesor de esta... —iba a decir «ridícula» y se contuvo—, de esta escuela.

—¿No es usted profesor? —Los ojos del Ballena giraron dentro de sus órbitas—. ¿Entonces qué es? ¡Me figuro que no será discípulo!

La idea le pareció tan ingeniosa que él mismo rio a carcajadas.

—Soy simplemente un invitado que desea reposar tranquilamente sin que le molesten —aclaró agriamente. Y miró hacia la Ballenita, descubriendo a la muchacha ruborizada, que le pareció endiabladamente atractiva—. Bueno. —Se encogió de hombros—. De todos modos, no tengo inconveniente en bailar con ella.

Otro que no fuese Jorge se hubiera compadecido de la turbación de la jovencita y habría dicho: «Me sentiré agradecido si la señorita baila conmigo». Pero Jorge no. Para Jorge ya era concesión suficiente dignarse bailar con cualquier mujer.

Se levantó, y la Ballenita, visiblemente emocionada, se levantó también, dejándose enlazar por la cintura, medio desmayada ante la idea de bailar con un príncipe. Durante un gran rato permaneció callada, sin atreverse a alzar los ojos hasta él. A hurtadillas contemplaba, al pasar, la cara satisfecha de su progenitora, que, habiendo conseguido lo que deseaba, casi olvidó el disgusto producido por la falta de tacto de su esposo.

—¿Cómo no la he visto antes a bordo? —interrogó Jorge por romper el pesado silencio.

—Llámeme Araceli, por favor. No sé por qué no nos hemos visto. Yo tampoco le había visto a usted. —Al pronunciar aquel «usted», la Ballenita quedose aterrada. Estaba segura de haber faltado al respeto a su alteza. Porque, indudablemente, tendría que llamarle alteza. O quizá majestad. No recordaba bien. Corrigiose inmediatamente y repitió la frase—: Yo tampoco había visto a vuestra majestad.

—¿Mi majestad...? —Jorge rio algo más fuerte que de costumbre—. Nada de majestad, Araceli. Llámeme príncipe... o Jorge a secas.

—¿Lo... dice... de veras?

—Así me llaman mis amigos. ¿Usted no quiere ser amiga mía?

—¿Yo amiga suya? ¡Claro que sí... ¡Me encantará! —la Ballenita se iba animando—. Nosotros hemos sido siempre monárquicos, ¿sabe? —dijo, pensando que aquello gustaría mucho al príncipe—. Las monarquías huelen a distinción, a señorío.

—¿Y las repúblicas?

—A verduras cocidas... ¿No le parece?

—Es una excelente opinión.

—Andando el tiempo, papá procurará comprar algún título nobiliario. ¡Tiene tanto dinero mi papá...!

—Es usted una mujer afortunada...

—Sí lo soy, y estoy encantada de la vida.

En aquel momento pasaba bailando por delante de la familia. La señora García hizo con grandes gestos una indicación a su hija, que esta comprendió en el acto.

—A propósito. ¿Usted es casado?

El príncipe Nipoulos sintió un ligero escalofrío ante aquella falta de educación tan evidente.

—Todavía no —repuso. Y su mirada se posó en Diana, que caminaba en dirección al bar. «Es necesario que le hable cuanto antes —se dijo— y que fijemos la fecha de la boda».

Diana, por su parte, buscaba también, sin encontrarla, la ocasión de hablar a solas con su novio. Tenía que confesarle su verdadera situación, pero desde que salieron de Nápoles apenas habían tenido tiempo de nada. Además, para acabar de atormentarla, allí estaba Max, con quien tampoco habían cambiado más que frases triviales y al que sabía sumido en una tempestad de celos. ¿Por qué tenían los hombres que complicar siempre las cosas enamorándose a destiempo…? Claro que ella no creía del todo en el amor de Max…. Este era una especie de niño grande y él mismo habíales explicado que tuvo infinitos amoríos. Aquello se le pasaría, pero entre tanto allí estaba en lo alto de un taburete, bebiendo un Martini, con cara de mal humor.

—¡*Allo*, Max! —saludó aproximándose.

Volviose en redondo y su rostro no reflejó la menor emoción.

—¡*Allo*, Diana…! ¿Qué tal te va? Nuestra escuela marcha, ¿eh?

—Viento en popa. ¿Qué dirá tío Benjamín?

—Dirá que soy un idiota. Personalmente, él preferiría que me hubiera dedicado a la fabricación de quesos en gran escala o a la cría de patos salvajes. Mi tío no es un soñador como yo. ¿Se te hace muy pesada la tarea? ¿Estás cansada?

—En absoluto. Es divertidísimo. ¿Y tú estás contento?

—¡Loco de alegría!

—Más bien pareces enfadado...

—Contigo, jamás.

Su tono indiferente mortificó a Diana sin comprender el porqué.

—¿Quieres beber algo? —invitó Max con sonrisa amable.

—Tomaré también un Martini —aceptó subiéndose a un taburete.

A través de los mamparos de cristal distinguíase el mar, un poco agrisado, sobre el que revoloteaban las gaviotas, anunciando la proximidad de la costa. Por cubierta paseaban algunas parejas a quienes el profesor de cultura física —un alemán contratado por Max— había recomendado ejercicio al aire libre. Flotaba en el ambiente, deliciosamente salino, una impresión de alegría y optimismo a la que nadie podía sentirse ajeno.

—Esta tarde estaremos en Palermo. ¿Piensas divertirte? —interrogó Diana.

—Depende de ti.

—¿De mí?

—Claro. Divertirse solo no es divertirse.

—Tengo otras ocupaciones que la de flirtear contigo.

—¿Flirtear? ¿Por qué eres tan maliciosa? Yo no le llamo flirtear a distraerse un poco.

La joven se mordió los labios con mal humor.

—Observo que estás hoy...

—¿Inaguantable?

—Eso mismo. Yo no tengo la culpa de que mi novio se presentase en el último momento para sorprenderme. Además, ya te lo advertí anticipadamente.

Esperó su respuesta y, al ver que no hablaba, prosiguió:

—¡Bueno, habla! Di algo... ¡Me irritas!

—Lo que te irrita es mi indiferencia repentina, ¿no?

Ruborizose Diana al ver que adivinaba sus sentimientos. La fisonomía de Max cambió, volviendo a su simpático gesto habitual.

—No quiero que te preocupes, Diosa. Voy a jugar con cartas descubiertas. Una vez te dije que estaba enamorado de ti.

—¿De veras? ¡No recuerdo...!

—Te dije eso, lo repito hoy y lo mismo te diré dentro de diez años, cuando seas mi mujer desde mucho antes.

—Me sorprende tu optimismo...

—Sin embargo — continuó como si no la oyera —, lo que tomas por indiferencia es solo estrategia amorosa. Estoy madurando mi plan de combate.

—¡Ah! ¿También haces planes de combate...?

— Claro que sí. Voy a luchar contra Jorge a vida o muerte. —Bebió de un trago su cóctel y exclamó paladeándolo—: ¡Delicioso! Se parece a ti.

—¿El cóctel?

—Sí. Es dulce, pero no empalaga, y, a la vez, un poquitín amargo, sin llegar a ser seco... Me tendré que beber otro.

—¿Tienes interés en emborracharte?

—Ya lo estoy desde que te acercaste a mí.

—Bien. Dime cuáles son tus planes de combate.

—¿Por qué no? En primer lugar, impediré entre tú y el maldito Jorge los diálogos amorosos. Hasta ahora lo voy logrando. ¿No lo has notado? Desde que hemos zarpado no habéis podido reuniros en un cordial *tête-à-tête*.

—¡Ah...! ¿Entonces has procurado intencionadamente tenerme ocupada?

—Por supuesto. Por eso te he preguntado antes con cierta inquietud y remordimiento si te sentías fatigada.

Rio ella.

—Tus armas se vuelven contra ti. Precisamente deseo hablar con Jorge para explicarle mi situación antes de que él la adivine o de que alguien se la aclare...

—Supongo que no me creerás capaz de tal villanía.

—Claro que no. Pero en cualquier momento alguien puede cometer una indiscreción.

—Bien. ¿Y qué?

—Que eso podría dar lugar a la ruptura del noviazgo.

—¿Lo crees de veras?

Los ojos de Diana se velaron de tristeza.

—No sé qué creer.

—En ese caso, déjame que yo elija mis propias armas. Ya empieza la batalla.

—Por mí, puedes empezar.

—Te quiero, Diana.

—Quiero a Jorge, Max.

—¿Estás segura?

—¡No seas impertinente!

—Tengo un presentimiento.

—¿Puedo conocerlo?

—Max Reinal ya se ha apuntado un triunfo.

—¿Cuál?

—He empezado a interesarte. ¡No digas que no, Diosa! No te creeré.

Diana abrió la boca y la volvió a cerrar sin haber encontrado un adjetivo rotundo.

IX

LA TARDE DEL SEÑOR BALLENA

Don Anselmo García, siguiendo las instrucciones de Max, eligió entre su guardarropa un atavío apropiado para las circunstancias, sencillo y deportivo, que le hiciera parecer lo que en realidad sería: el héroe de la tarde.

Porque la suerte o la desgracia había querido que entre todos los alumnos de la «Escuela» fuese él el elegido para representar el papel de anfitrión durante aquellas horas que se aproximaban.

—Nuestra salida de hoy en Palermo será una clase —había explicado Max—. Usted, señor García, figúrese que el *Bengala* es su yate y todos nosotros sus invitados, a los que tiene el deber de obsequiar y atender. Al final de la jornada le daremos una puntuación señalando las cosas que hayan estado mal y las que hayan estado bien. Espero que será usted un magnífico anfitrión, y los demás, perfectos invitados.

Y allí estaba el atribulado Ballena dándole vueltas en la imaginación a lo que se podría hacer en Palermo con tantas personas a su cargo. Afortunadamente, su mujer —que le ayudaría a hacer los honores— había confeccionado el programa de distracciones. La Ballena madre aseguraba que sería un éxito de *savoir faire* y el Ballena padre descargaba toda responsabilidad en los robustos hombros de su cónyuge.

—¡Vamos, Anselmo! No te eternices con esa ridícula corbata y ayúdame a buscar mi bufanda violeta, que se ha extraviado.

En la serie de camarotes que ocupaba la familia Ballena reinaba un profuso desorden, delator de la nerviosidad reinante.

—Te ayudaré a buscarla. Pero... ¿por qué es ridícula mi corbata?

—¡Siempre me pasa igual! Todo desaparece como si a mi alrededor hubiese fantasmas.

—Bien. ¿Pero por qué encuentras ridícula mi corbata?

—¡Mira, mira! ¡Aquí está la bufanda! Debajo del chal de visón que te costó una fortuna.

—Bueno..., pero mi corbata...

—¡Menos mal que ha aparecido! Vamos. ¿Estás listo?

—Hija, eres un torbellino... Yo quisiera saber por qué mi corbata es...

Interrumpiole la llegada de la Ballenita, discretamente ataviada con un vestido elegido por Diana, inundando la habitación con una ola de perfume, en el que la señora Ballena reconoció inmediatamente la esencia del heliotropo regalada a ella por su esposo el día de su santo. Detrás apareció Godo con los bolsillos de la americana abultados por bolas de café y dos novelas policíacas bajo el brazo, en previsión de que la «tardecita resultase un fracaso».

—¿Estáis ya listos? ¿Qué tal me encuentras, mamá?

—Preciosa, Araceli. ¿Qué traje es ese?

—El azul marino que me compré a tu gusto y que la señorita Carlier ha mandado reformar a la modista de a bordo.

—Verdaderamente, está mejor así. Aquellos adornos de cuentas rojas no le sentaban. ¿De qué te ríes, Godo?

—No me río. Sorbo.

—Acércate. ¿Qué llevas en los bolsillos? ¿Café? ¡Eres un gorrino! ¡Mira lo que hago con tu café!

Y la Ballena madre lo lanzó por el ventanillo.

—¡Mujer! ¿Porqué privas al chico de...?

—¡Calla, Anselmo! Tú y tu hijo sois tal para cual. Acabaré por repudiaros. ¡Vamos, niña!

Las dos mujeres subieron a cubierta escoltadas por ellos, muy cariacontecidos. Reuniéronse con el grupo de alumnos y profesores, que se preparaban a desembarcar. Habíanse dividido en dos grupos para evitar llamar la atención por la calle yendo demasiadas personas juntas. Doña Marieta y Leo irían en uno, y Max y Diana en el otro. Separáronse en el puerto, marchando en dirección distinta.

—Bueno, señor García. ¿Dónde nos lleva usted?

El Ballena sacó nerviosamente un papel de su bolsillo.

—Verá... Vamos a... visitar los monumentos. Es lo que suele hacerse, ¿no?

—Usted sabrá, querido anfitrión. Yo nada indico —dijo Max.

—Bueno. Entonces, síganme todos.

Durante dos horas, los sufridos expedicionarios recorrieron la bella ciudad de punta a punta, pasando y repasando veinte veces por los mismos sitios, siguiendo el caprichoso itinerario del Ballena.

¿Que tras de visitar el Palacio Real recordaban que habían pasado de largo por el Museo Nacional? No importaba. Se volvía a atravesar todo Palermo y se visitaba. ¿Que en los jardines de Villa Giulia se acordaban de que también era digno de verse el Jardín Inglés? Pues ¡al Jardín Inglés! Tuvieron que entrar en todas las iglesias, siendo Palermo una de las ciudades de Europa que poseía más recintos sagrados. Así, cada excursionista confundía en su imaginación, como los vinos de un cóctel mezclado por un loco, la iglesia Martorana con la de San Giovanni degli Eremiti, el Palacio Geraci con la ciudadela de Castellamare, San Cataldo con el Teatro Garibaldi, etc. Y tenían incrustadas en los oídos como una pesadilla la voz monótona del Ballena, leyendo trabajosamente en un librito azul:

—La iglesia Martorana debe su fundación al almirante Giorgio Antiochenos, y primeramente se llamó...

Al fin, alguien dio la voz de alarma asegurando que le importaban un ardite los monumentos que quedasen por ver y que no daría un paso más mientras no hubiese llenado el estómago. Esta persona era Godo, a quien apretaban dolorosamente los zapatos de charol recién estrenados y que no podía consolarse sin sus bolas de café.

—¡Cómo! ¿No te interesa ver la catedral L'Assunta, fundada el año mil ochocientos uno? ¿Ni la iglesia de San Giovanni degli Eremiti?

—¡Pero si esa ya la hemos visto!

—Sí. Pero no nos hemos fijado en que es de estilo normando y que tiene cinco cúpulas lisas. Del siglo...

—Es inútil, papá. Yo pertenezco al siglo veinte y estoy tronchado.

El Ballena se rascó la cabeza.

—¿Oyen ustedes a este cacho de bruto?

—Señor García, esos modales... —censuró Max.

—Discúlpeme, señor Reinal. Pero aún nos queda mucho por ver. ¿Qué hacemos?

Un coro de voces alarmadas le interrumpió:

—¡Tiene razón el chico! ¡No se puede visitar Palermo entero en una tarde! Yo no puedo más.

—Ni yo.

—Ni yo.

—Por mi gusto, me echaría a dormir en una acera...

—Bueno —cedió el Ballena, decepcionado—. Si la mayoría está de acuerdo, pasaremos al punto segundo del programa. —Consultó el papelito—: Merienda.

—¡Bravooo!

—¡Así se habla!

—¡Ya era hora de que se te ocurriera algo bueno, Ballena!

Max lanzó una mirada amenazadora a la que acababa de hablar, popular artista de *variétés* que pensaba ir a Hollywood en el otoño y deseaba apabullar a la colonia cinematográfica.

—¡La Ballena lo será usted, so papagayo! —La señora de García salió en defensa de su marido.

—Calla, mamá. Mejor es dejarlo —intervino la Ballenita deseando que llegara la hora de merendar en la *trattoria* «L'Ombrella», donde el príncipe Nipoulos, que no había querido exhibirse con tanta gente, estaría esperando.

—Pues vamos, hijos, vamos. ¡Hale...! —El Ballena, con la amarga convicción de que su tarde empezaba a ser un fracaso, animó a todos, olvidando generosamente el insulto infligido—. Vamos al garaje de un amigo mío, que nos llevará en su autocar a la *trattoria* «L'Ombrella», en el monte Pellegrino. ¿Les parece bien?

—¡Con tal de que ese garaje no esté en el quinto infierno!

—¿No sería más práctico tomar taxis...?

—¡He dicho que vamos al garaje, zambomba! ¿Dispongo yo o disponen ellos?

—¡En marcha, pues!

Veinte minutos más tarde deteníanse, sudorosos y jadeantes, frente a la puerta de un garaje, en el que irrumpieron tumultuosamente. El Ballena, haciendo portavoz con las manos, emitió un estridente sonido, semejante al canto de un cuco, e inmediatamente el eco trajo la reproducción exacta, precediendo a la entrada en escena de un diminuto personaje que con los brazos extendidos y expresión alegre se lanzó al cuello de Anselmo García.

—¿Tú por aquí, muchacho? ¡Tú por aquí...!

—Ya lo ves, hombre. Yo no olvido a los viejos amigos. En cuanto puse el pie en Palermo me dije: de aquí no me voy sin ver a mi camarada «Piccolino».

—¡Bravo! ¡Eres una buena persona! ¿Conque también has traído a tu señora y a tus chicos...? Encantado de saludarlos. Buena sorpresa me has dado, ¡buena sorpresa! —Y el Piccolino volvió a abrazar entusiasmado al Ballena.

—Es muy conmovedor, ¿eh? —dijo la voz chillona de la artista de *variétés*—. Pero ¿no íbamos a merendar en no sé qué demonios de *trattoria...*?

Ante aquella asombrosa persona, extrañamente vestida (en ese sentido, Diana no había podido conseguir nada todavía) y rabiosamente teñida de rubio, el Piccolino se azaró visiblemente.

—¡Ah, sí...! Se me olvidaba explicarte. ¿Tienes aún tu cacharro grande? —interrogó el Ballena.

—¿El *Ford,* quieres decir?

—Sí: el autocar. Es para alquilártelo y que nos lleves a «L'Ombrella, a mí y a estos amigos.

—Una juerguecita, ¿eh? ¡Bueno! Encantado. —Guiñó un ojo y agregó—: Pero nada de alquileres. Te lo presto. A mí también me gusta ser amigo de mis amigos.

El Ballena miró a todos de reojo con aire triunfador, como diciendo: «¿No veis como tenía yo razón? ¿Valía o no la pena venir al garaje?»

—Además, ¡qué caramba! —continuó el Piccolino—. No hay ningún motivo que me impida ir también a divertirme un rato. Una tarde es una tarde. ¡Tú, chico...! ¡Desenjaula el trasto...!

Cinco minutos después encontrábanse instalados en un viejísimo camión, cuyos asientos, estropeados y manchados de grasa, y un fortísimo olor a pescado y a legumbres, atestiguaban que su uso diario consistía en trasladar «géneros» al mercado. El Piccolino tomó el volante, poniendo en marcha el coche con un estrépito ensordecedor.

Salieron pronto a la carretera asfaltada, dejando atrás la ciudad, y los excursionistas guardaron un expresivo silencio que demostraba lo fatigados que se sentían. De vez en cuando sobresalía sobre el espantoso ruido del motor la voz del Ballena, sentado al lado del conductor, recordando tiempos pasados:

—¡Menudo jolgorio se armó aquel día en que el Jirafa entró en mi taberna en busca de la Palmira! ¿Te acuerdas...?

—¡Ja, ja, ja...! ¿Y cuando tú dijiste al que te vendía el pescado: «Estas sardinas están más podridas que su conciencia...»?

—¡Me tiró el canasto a la cabeza!

—¡Qué atracón se dio el *Bambino*!

—¿El *Bambino*? ¿Quién era el *Bambino*?

—¡Cómo! ¿Es posible que hayas olvidado al *Bambino*? ¡Parece mentira! ¡Qué ingratitud! Él te quería mucho.

—No caigo en quién pudiera ser...

—¡Ja, ja...! ¡El gato, hombre, el gato...! —Y el Piccolino y el Ballena, como si se tratase de la broma más graciosa del mundo, rieron a carcajadas.

—¿Te sientes desanimada? —Max, a media voz, dirigió la anterior pregunta a Diana, sentada delante de él.

Volviose ella sonriendo:

—¿Desanimada por qué?

—Por todo esto... Ahora me pesa haberte metido en ello. Es tan... grotesco...

—No te preocupes por mí. Me estoy divirtiendo.

—¿Lo dices de veras?

—En serio. Es buena gente… y me distrae de mis pensamientos. Pero tendremos que dar al señor García una puntuación muy baja.

—Eso temo yo también.

Ante lo cómico del caso rieron. Su risa se cortó en seco ante la brusca parada del camión, detenido en mitad de la carretera.

—¿Qué pasa?

El Piccolino se bajó de un salto, hurgó en el motor y, mientras lo examinaba, le hablaba como si se tratase de una persona:

—Bueno… No vayas a hacerme ahora una jugarreta, ¿eh? Tienes que ser bueno y dejarme bien ante estos amigos. No hagas lo de siempre. ¿Vas a ser formalito? —Rascose, perplejo, la frente, echándose hacia atrás la gorra de la visera—. ¡Vaya! Ya se ha descargado la batería… ¡Nos ha fastidiado la tarde!

—¿Pero no va a poder tirar siquiera hasta «L'Ombrella»…?

—¡Ni un paso más!

Varias voces clamaron al unísono con acento angustiado:

—¡Adiós merienda!

—¡Hay tardes que le hacen a uno arrepentirse de haber nacido…!

—¡No hay derecho!

—Tú tienes la culpa, Anselmo, por empeñarte en meternos en el cascajo de tu amigo en lugar de tomar varios taxis, como hubiera sido lo decente.

El desdichado extabernero sentía ganas de llorar.

—Bueno... Ya no tiene remedio —intervino Max, conciliador, después de bajarse a mirar el motor y convencerse de que el auto de Piccolino había exhalado el último suspiro—. En aquella casita que se ve allá lejos quizás encontremos algo para merendar.

Hallábanse en mitad del campo y la casita designada era el único edificio que se distinguía en varios kilómetros a la redonda.

—Sí, quizá se pueda comprar algo. Yo iré a encargarlo —se ofreció el Ballena, deseoso de reparar su falta—. En seguida estaré de vuelta.

—¡A ver si ahora hace también una de las suyas!

—¡Procure venir antes de medianoche!

—¡Y si se le ocurre traer latas de sardinas, traiga también algo con que abrirlas...!

—¡No vaya a traer pepinos, que son indigestos!

El pobre Ballena echó a correr con la relativa ligereza que le permitía su gordura, y el Piccolino, temiendo quedarse para oír los denuestos de aquella gente, abandonó su cacharro y le siguió. El resto se sentó amargamente en la cuneta o se tumbaron sobre la hierba y esperaron durante tres cuartos de hora largos la vuelta del Ballena y su amigo.

Reaparecieron al fin con un gran cesto repleto de paquetes. Y si en otras cosas fracasaron, la merienda constituyó un desquite, pues llevaron alimentos en cantidad suficiente para mantener a un batallón.

—¡Ea! Aquí hay un jamón. Tres kilos de chorizo... Quince tortillas de setas. Veinte latas de anchoas y quince de *foie-gras*...

—¿No trae pan...?

—¡No tenían!

—Entonces... ¿dónde untaremos ese «hígado gordo»?

—Pero, en cambio, he traído vinos...

—¡Qué atrocidad de botellas! ¡Hay para coger una buena «mona»! ¡Esto va a ser la juerga padre!

Max y Diana intentaban restablecer la calma, pero todo fue en vano. Su autoridad de profesores era nula en aquel momento ante el apetitoso olor de las tortillas y el ruido de las botellas al descorcharse.

Poco después, el terreno que los rodeaba parecía un abandonado campo de batalla. Latas vacías, huesos de jamón, papeles grasientos, botellas rotas, estropeaban la apacible belleza del paisaje.

«Jorge se desmayaría si lo viera», pensó Diana, felicitándose de que su prometido los estuviera esperando en «L'Ombrella», en lugar de acompañarlos. Jorge carecía de humorismo.

Sin embargo, la satisfacción de Diana duró poco, porque minutos después se detuvo un taxi en la carretera. De él bajó Jorge, un Jorge enfurecido, que regresaba a Palermo creyéndose chasqueado.

—¡Diana! ¡Parece mentira! ¡Te he estado esperando desde las cinco...!

—Tuvimos un percance. Lo siento: fue imposible prever lo que iba a ocurrir.

Jorge dirigió una mirada de horror a los restos de «la batalla» y a los individuos que componían la excursión.

—Es vergonzoso. ¿Cómo puedes soportar esto?

—No lo tomes por lo trágico, Jorge. Lo mejor es ir a Palermo a buscar taxis para que vengan a recoger a esta gente. ¡Max...!

—¿Diana? —Desde que apareciera el maldito novio, ni un momento había apartado la mirada.

—Voy con Jorge a buscar vehículos para todos. Quédate aquí con esta gente.

—¿Vas... sola?

—¡Conmigo, si no tiene nada que oponer! —intervino el príncipe, furioso.

Hubo un minuto de silencio. Aquel diálogo que sostendrían los novios en el romántico atardecer no convenía a Max.

—Bien.

Se alejó unos pasos, madurando un plan. En seguida miró en derredor buscando algo, y se fijó en Godo, ensimismado en su novela policíaca. El chiquillo podía servirle.

—Escucha, muchacho —dijo aproximándose—. ¿Quieres hacerme un favor?

Godo miró a su interlocutor y Max observó que tenía cara de tonto y ojos de listo.

—Según... —repuso.

—¿Cómo según?

—¿Qué saco yo con hacerle un favor?

Su lógica divirtió a Max.

—Te daré a cambio lo que pidas. ¿Quieres dinero?

—¡Puag!

—¿Tabaco?

—¡Puag!

Max juró *in mente* que le curaría de aquella costumbre de decir «¡puag!».

—Entonces... ¿qué deseas?

—Café.

—¿Café?

—Café en grano. Medio kilogramo. Mi madre me prohíbe comprarlo. ¿Hace?

La conciencia del profesor le reprochó violentar la orden materna. Pero aceptó.

—Tendrás tu café. Escucha las condiciones. —Y habló en voz baja. Godo comprendió en seguida. Luego Max se acercó al taxi de Diana y Jorge, que estaba a punto de arrancar.

—Por favor. Tendrán que llevar al chico con ustedes para que llegue pronto a bordo. No se encuentra bien. Ha tomado demasiado sol.

Jorge frunció el ceño, disgustado, y Diana miró a Max con cierta sospecha.

—¿Es verdad eso, Max...?

—Pues claro, Diana.

Las pupilas verdes desafiaron a las pupilas doradas.

—Que suba entonces.

Godo, sin hacerse rogar, subió y se sentó frente a los novios, abriendo su novela.

El coche volaba hacia Palermo, dejando atrás a Max con su «tribu de gitanos». Jorge se creyó en el deber de reprender a Diana aprovechando la abstracción del chico, y habló en inglés para que no le entendiera:

—Creo que ya es hora de que abandones esta estúpida broma de la escuela.

—¿Por qué?

—Me molesta y...

Godo, el discípulo de Max, cerró la novela y se dispuso a ganar honradamente el medio kilo de café. Señaló con un dedo, manchado de grasa de jamón, al príncipe Nipoulos y dijo:

—Usted se llama Jorge, ¿no?

Bruscamente interrumpido en su interesante conversación, Jorge le miró con sorpresa.

—Tiene gracia —continuó Godo—. Así se llamaba un galápago precioso que tuve de pequeño. Era listísimo. Se comía todas las cucarachas de casa y no dejaba una.

—*Cet enfant est fou* —comentó Jorge, esta vez en francés.

Godo, tras de mirarle fijamente un rato, volvió a su novela. Después de una pausa, el príncipe habló de nuevo a Diana:

—Tenemos que hablar mucho, querida. Desde que he llegado, apenas me has hecho caso y tengo algo que decirte.

—¡Ja, ja, ja! —La risa irritante de Godo.

—*Pourquoi rit-il ce feu*? —Jorge estaba inquieto.

—¡Ja, ja, ja! Tiene una gracia horrible...

—¿Qué te hace gracia, Godo? —preguntó Diana.

—La novela. Después que uno cree que el malo es míster Smith, resulta que el asesino es míster Dawson, y que el abogado fiscal que era la víctima no estaba muerto, sino desmayado, y que se había marchado por su propio pie de la habitación del crimen. ¿Saben dónde apareció? En el Canadá, entre la Real Policía Montada. ¡Puag! Me ha defraudado. Siempre pasa igual... Prefiero el cine a los libros. Es más real. Hace unos días vi una película colosal: *Los proveedores de cocaína*. Morían veinte personas y luego resultaba que el cargamento de cocaína no era cocaína, sino bicarbonato, porque el chino Sue Liang había traicionado, quedándose con los millones del traficante francés. Soberbia... Además del cine me gusta el fútbol, pero solo como espectador. El ejercicio no me sienta. En el colegio me echaron del equipo porque no tenía ganas de moverme y dejaba pasar el balón. ¡Ja, ja...! Yo soy más bien un pensador que un hombre de acción. ¡Puag! Opino como este míster Dawson de la novela, que la vida es mejor verla que vivirla... Yo...

Escuchábanle estupefactos. ¿Qué le había ocurrido a aquel chico, tan silencioso y poco hablador, que ahora no callaba ni para respirar? Hasta que llegaron a Palermo y enviaron varios taxis a recoger a sus compañeros, Godo habló, habló sin parar, impidiendo que los novios cambiasen entre sí la menor frase.

Diana al fin comprendió. Veía la mano de Max... Inútilmente trataba de sentirse indignada. Era imposible... Sin saber por qué, todo lo que Max hacía le resultaba divertido.

X

NOCTURNO EN TÚNEZ

Doña Marieta, mientras se arreglaba para la cena, interrogó a su sobrina, a la que oía moverse a través de la entreabierta puerta del cuarto de baño.

—¿Te emociona estar en África, *carina*?

Diana, sumergida en la más profunda de las beatitudes en el agua tibia de la bañera, dejó sin contestar la pregunta de su tía, ensimismada en sus propios pensamientos.

Había decidido hablar a Jorge aquella misma noche. Tenían muchas horas libres, ya que poco antes de llegar a Túnez habían soportado un buen temporal y la mayoría de la gente estaba fatigada. Aprovecharía, pues, para salir con Jorge a recorrer la ciudad y aclararle su situación, aunque quizás el resultado fuese catastrófico. En caso contrario, ¿llegaría a ser feliz con su novio? Culpose a sí misma por dudarlo. ¿No estaba convencida de que él era su felicidad...? Sí. Le amaba igual que antes. Solo que había surgido la complicación de Max... Dolíale hacer sufrir a aquel amigo leal que se interesaba tanto por ella. Indudablemente, era el mejor amigo que Diana había tenido nunca. Sentiría perder su deliciosa camaradería. Porque no cabía duda de que en cuanto se casase con

Jorge, Max desaparecería de su vida. Con gran minuciosidad hizo su *toilette*, poniéndose aquel traje color ambarino que tanto agradó a Max la noche que le conoció. Deseaba estar bella... para Jorge, naturalmente.

Salió del camarote y dejó a doña Marieta luchando con una repentina somnolencia. Atravesó el pasillo alfombrado, deteniéndose ante la puerta del saloncito, que golpeó con los nudillos.

Casi en el acto abrió Pedro, el modelo de ayudas de cámara, que, gran admirador de la prometida de su amo, se inclinó cortésmente.

—Buenas noches, Pedro. ¿El príncipe está en cubierta?

—Lo siento, señorita. Su alteza recibió hace cinco minutos un mensaje de tierra traído por el botones de un hotel, y después de leerlo marchó precipitadamente, encargándome advirtiera a la señorita que no vendría a cenar.

—¿Se marchó? —Diana sentíase defraudada—. Está bien, Pedro. Gracias.

Subió a cubierta lentamente, esforzándose en calmar su mal humor ante aquel cambio de programa que desbarataba sus planes. ¿Adónde habría ido tan repentinamente? Apoyose de codos sobre la borda y su pensamiento permaneció casi inactivo, fijos los ojos en el agua, en la sombra blanquísima de los edificios, con sus inmensas azoteas y su aspecto de ciudad andaluza, cobijado todo ello por un cielo sereno, cuajado de puntos luminosos.

—¿Estás triste, Diosa?

Allí estaba Max, como siempre. Oliendo a colonia y a cigarrillos, correctamente vestido de *smoking*.

—¿Por qué había de estar triste?, negó con mal humor.

—No sé. Me parecía.

Callaron, y Max, obstinadamente, se acodó en la borda, mirándola con fijeza irritante.

A veces era un redomado impertinente.

—No seas fastidioso. ¿Por qué me miras tanto?

—¡Ah! ¿Miraba?

—Eso parece.

—En tal caso, será cierto.

—¿Quién te manda estar a mi lado?

—Me quedo para ayudarte.

—¿Ayudarme?

—Exactamente. Estoy haciendo de *punch ball* espiritual para que desahogues tu mal humor.

—¿Sigues obstinándote en que estoy enfadada?

—Me retracto. ¡No hay más que fijarse para notar lo contenta que estás! ¡Vaya, vaya...! No te rías tanto... ¡No seas locuela, Diosa!

—¿Quieres hacerme un favor?

—¡No!

—¿No...?

—Supongo que el favor será pedirme que me marche, y estoy tan bien aquí, aunque estés hecha un cardito conmigo...

—Por lo menos, cállate.

—Probaré. Reinó el silencio. Del puerto llegaba el rumor de una charanga.

—Si el amor es una cosa tonta,
Yo soy el hombre más tonto del mundo

—canturreó Max, y Diana no tuvo más remedio que sonreír—. Me figuro que no te molestará que cante. Es una de mis canciones favoritas.

—Se comprende. Es sentimental y delicada.

—Celebro haber tenido éxito. Esa es la primera parte. En la segunda, él le pregunta a ella:

¿No te importa que me muera de pena?

y ella contesta con un gorgorito agudísimo:

¿Importarme? Hace tiempo
que no me río con ganas.

¿Te gusta? ¡Oh la crueldad femenina! ¿Quieres que te diga lo que pasa en la tercera parte?

—Estoy muy interesada…

Miró él con ternura sus ojos, llenos de luz de luna, y murmuró a su oído:

—Al final, ella canta una cosa así:

Bendito sea el instante en que me casé con Max…

Cambió de tono y dijo:

—Te quiero. Te adoro. ¿Por qué no me dejas hacerte feliz?

Su tono la turbó y sintiose sacudida por un estremecimiento. Con sinceridad absoluta, las palabras acudieron a sus labios sin que tratara de detenerlas:

—Max… Me gustas muchísimo algunas veces. Te ruego perdones mi mal humor. Eres mi mejor amigo.

—Claro que lo soy. Pero repite lo que dijiste primero.

—¿El qué?

—Lo de que te gusto muchísimo. Dilo tal y como lo dijiste.

Sonriendo, Diana repitió lentamente:

—Max, me gustas muchísimo algunas veces.

Respiró él profundamente, tratando de ocultar su emoción.

—Gracias. Esto me da fuerzas para seguir resistiendo.

Al cabo de un instante propuso:

—¿Quieres ponerme contento del todo? Déjame entonces que ahuyente los pensamientos negros de tu cabecita por esta noche. Yo te enseñaré Túnez a la luz de la luna. Ponte un abrigo.

—Pero…

—Obedece… ¿Sabes lo romántica que es África a estas horas…? ¿Quieres que vaya yo por tu abrigo? La camarera me lo dará.

Antes de que Diana tuviese tiempo de protestar, habíase alejado en dos zancadas. Sintiose contenta de repente. Su optimismo se le contagiaba. Podía pasar unas horas agradables y no era cosa de mortificarse pensando en Jorge.

—Venimos a proponerle algo, señorita Carlier.

Leo y Araceli detuviéronse ante ella.

—Es una pena no aprovechar una noche tan hermosa como esta. ¿Por qué no vienen usted y el señor Reinal a cenar por ahí con nosotros y a pasear por los zocos?

Era la Ballenita la que le hacía la proposición, implorando con sus grandes e ingenuos ojos.

—Prometo no beber una gota de alcohol —la tranquilizó Leo.

—El caso es que iba a salir con Max —confesó Diana.

—¡Soberbio! Nosotros nos añadimos. Supongo que no los molestaremos…, ¿verdad?

—De ningún modo —dijo, pensando lo contrario.

—Será una cena de españoles la mar de simpática —palmoteó la chiquilla.

—¿De qué cena se trata? —interrogó Max, que traía al brazo el abrigo de Diana.

—De la nuestra. Vamos a cenar los cuatro juntos. ¿Te gusta el plan?

Max sentíase decepcionado.

—¿Es Diana la que lo ha sugerido?

—Lo hemos querido todos. Así lo pasaremos mejor —dijo Araceli, encantada ante la idea de que los acompañase Max, que le gustaba una enormidad.

Era una pena que no fuese príncipe. Porque aunque Jorge era guapísimo, Max resultaba... fascinante. La Ballenita no recordaba haber visto un hombre que le gustase tanto. Lástima que no la secundara cuando ella iniciaba un *flirt*. Y lástima también que sus padres no le considerasen un «buen partido».

Max sometiose a su decisión y ayudó a Diana a ponerse el abrigo sobre el maravilloso traje color oro, rehuyendo, enfadado, los ojos de ella.

Abandonaron el *Bengala*, internándose por las calles de la ciudad. La luna brillaba sobre las casas, blancas de cal, y sobre los tonos pálidos de los alminares de las mezquitas. En los cafés, los árabes fumaban silenciosamente su *kif*, mientras saboreaban té con menta.

La multitud europea mezclabase con gente heterogénea venida de las cinco partes del mundo. Oíase hablar francés e italiano, árabe y hebreo, griego y español, y tan pronto cruzábanse con un gigantesco árabe

conduciendo su camello cargado de dátiles, proceden-
te de Gabes, como con un obeso judío o un comercian-
te maltés que traía de su isla los productos para vender.

Cuando se cansaron de andar, tomaron un coche, que
los llevó a recorrer la ciudad entera.

—¿Qué le parece esto? —interrogó Leo a la Ballenita.

—Extraño y estupendo... Me gusta horrores —repuso
con su charla sencilla.

—Bueno —intervino Max—. Ya que han visto la parte árabe, ¿quieren que volvamos a Europa? Sé de un hotel
magnífico en el que podremos cenar y bailar.

—¡Estupendo!

Cuando se dirigían a aquel lugar, aprovechando que
Leo y la Ballenita iban entretenidos en ruidosa conversación, Diana le dijo en voz baja:

—¿Estás enfadado?

—¡Muchísimo!

—¡Niño mal educado! ¿Qué puedo hacer en tu favor?

—Matar a esos dos.

—¡Qué crueldad! ¿Por qué eres tan sanguinario?

—Me molestan.

—Son simpáticos.

—Bueno. La chica es muy mona.

—Y Leo no es feo.

—Araceli tiene unos ojos hermosísimos.

—Leo resulta interesante.

—¿Más que yo?

—Mucho más.

—¿Es ese el modo que tienes de quitarme el enfado?
Araceli también es atractiva.

—¿Más que yo?

—Mucho... menos. —Cogió su mano y se la apretó con fuerza.

—¡Suéltame!

—No lo sueñes.

—Eres un impertinente y un atrevido.

—¡Qué más da! Estoy muy, muy, muy enfadado.

—Bien. Quédate con la mano, pero ya sabes que es en contra de mi voluntad.

—Has ganado —dijo soltándosela—. Pero llegará un día en que tú misma me la entregues.

Leo y la Ballenita mezcláronse en la conversación, y un rato después se encontraron sentados ante una mesa en los elegantes salones del Hotel Gran Metrópoli, invadidos por heterogénea y elegante multitud. De no haberse visto algún que otro personaje de tez aceitunada, numerosos uniformes de tropas coloniales y algunos gorros exóticos, hubieran podido creerse en cualquier gran hotel europeo. En la pista, brillantemente iluminada, bailaban seis idénticas y platinadas muchachas, golpeando el suelo con sus seis idénticos pares de zapatos dorados.

—¡Esto es vivir! —aseguró Leo muy contento, encargando al camarero que trajese champaña. Como de costumbre, había olvidado su promesa de no beber.

—¡Esta noche quiero divertirme en grande! —decidió la Ballenita.

Estaba encantada de que la acompañasen aquellas tres personas tan elegantes. Hubiera dado su mejor muela por ser vista así por sus amigas de Nápoles.

—¿Bailamos, Diana?

—Bailemos, Max.

No habían vuelto a hacerlo desde aquella noche de Madrid, que marcó época en sus vidas.

—¡Ahora o nunca, Diosa! ¿Tenía o no yo razón al decir aquello la última vez que bailamos?

—¿A qué te refieres?

—A que volveríamos a vernos. Y a que ambos influiríamos en la vida del otro. ¿No soy ya algo para ti?

Claro que sí. Un camarada agradable... con ribetes de admirador.

—¿Sólo admirador? Confundes las cosas lastimosamente. Llamas afecto a la pasión.

—¿Siempre eres tan impetuoso?

—¿Siempre? ¡No comprendo!

—Me refiero a las otras veces. Entre las mujeres tienes fama de inconsecuente y enamoradizo.

—¿Hasta ti llegaron esos chismes...?

—No fueron chismes, sino simples comentarios en el momento de conocerte. Por cierto que todas mis amigas estaban un poquitín enamoradas de ti.

—Soy un muchacho muy agradable. ¿No lo habías notado? —bromeó—. Bueno. Espero que no te pondrás a llorar ahora.

—¿Por qué había de hacerlo...?

—En realidad, tienes los mismos motivos que tenías aquella noche.

—Ya lo tomo con filosofía.

—No es eso. Es que ahora existo yo. ¿Te ríes?

Rio, en efecto, por no confesarle ni confesarse a sí misma que tenía razón. Antes, para ella solo existía Jorge.

Ahora… Pero no, era ridículo. ¿Cómo iba a estar enamorada de dos hombres a la vez? Lo que ocurría era que Max le resultaba simpático. Lo que sentía por Jorge era completamente distinto.

Y mientras Diana trataba de convencerse, Jorge, en una habitación del mismo hotel, dos pisos más arriba, sostenía con otra persona un diálogo referente a su prometida, diálogo que cambiaría el curso de los acontecimientos.

XI

PROYECTOS DE DOS
«NUEVOS POBRES»

—¿Estás segura de lo que dices, mamá?

El príncipe Nipoulos dejó de recorrer la habitación a grandes pasos y se detuvo ante el sillón donde estaba hundida su madre.

A primera vista, la princesa Nipoulos podría representar treinta y cinco años. Aproximándose un poco, se le notaban los cuarenta y cinco, y más cerca aún, veíase que tenía los cincuenta cumplidos. Poseía una figura esbeltísima, estatura elevada y caderas estrechitas de muchacha soltera. Su cabello grisdorado, muy corto y artísticamente peinado, orlaba un rostro de facciones correctas pero duras y unos ojos acerados e inexpresivos que miraban a su interlocutor con una fijeza desagradable.

—Estoy absolutamente segura, Jorge. Pero siéntate, hijo mío. Me pones nerviosa con tus paseos. ¿Puedes darme un cigarrillo?

Jorge se lo encendió y siguió hablando nerviosamente:

—Comprenderás, mamá, que no es precisamente satisfactorio lo que acabas de decirme. Añadiré que me trastorna de un modo insospechado...

La princesa lanzó una bocanada de humo al espacio y contempló largamente sus uñas, perfectamente pulidas.

—No te hablaría de ello si no tuviera la absoluta certeza de que estás siendo engañado miserablemente. Al recibir tu carta anunciándome que viajabas en el *Bengala*, deseé informarte del asunto. Y por ello celebro que hayáis venido a este puerto y que se haya presentado esta ocasión. Daba por descontado que tu novia no te habría dicho nada. De lo contrario, sé que habrías roto tu compromiso. Eres un hombre sensato.

—Entonces… ¿estás completamente segura de que Diana está arruinada?

Dejó ella oír una risita que fastidió a su hijo.

—¡Por favor, querido Jorge…! Lo sabe todo el mundo… menos tú…

—¿Totalmente arruinada?

—Por completo.

De nuevo Jorge recorrió la habitación con las manos en la espalda.

—Me extraña que Diana, que es tan sincera, no me lo haya dicho.

—Eres un ingenuo. Nunca conocerás a las mujeres. Diana te quiere. No eres un hombre vulgar. —Un relámpago de orgullo pasó por los ojos de la princesa al contemplar la arrogante figura de su hijo—. Habrá tenido miedo de perderte. ¿No lo ves claro?

Jorge se encogió de hombros y tiró el cigarrillo recién encendido.

—Volveré a bordo y le preguntaré lo que haya de cierto en todas esas habladurías.

—¿Habladurías? —La princesa se levantó y quedó de pie ante su hijo, poniéndole las manos sobre los hombros. En otro tono preguntó—: ¿Estás muy enamorado?

Jorge guardó silencio, y su madre, sin ofenderse, agregó:

—Siento causarte pena, querido, pero tienes que comprender la situación. No puedes casarte con una mujer pobre. Te explicaré. Nuestro palacio de Atenas, cargado de hipotecas, he tenido que alquilarlo a unos extranjeros. Y si me ves en Túnez en este hotel lujoso es porque estoy... —rio de nuevo sarcásticamente— en plan de acompañante.

El perfecto rostro de Jorge se coloreó.

—¿Qué dices, mamá?

— Lo que oyes. Acompaño en plan de «amiga íntima» a una riquísima viuda chilena que se considera honrada al tener por confidente a una princesa. Yo la presento en la mejor sociedad... y ella me paga todas las cuentas.

—¡Pero mamá...!

—Tengo que vivir. Tú no cuidas para nada de tu madre. Sé que estás cargado de deudas y que llevas una vida un poco... agitada.

—Es cierto, desgraciadamente.

—En ese caso, reconocerás conmigo que no te queda más que un camino: casarte con una heredera.

El príncipe calló un instante.

—Convengo en ello, mamá. Sin embargo, yo quería a Diana y...

Sonrió la princesa.

—Sí. La querías. Pero tienes que ser práctico. —La voz de la madre se hizo dura y cortante—. Es inútil que finjas conmigo. No sientes una gran pasión, porque no eres capaz de sentirla. Me recuerdas a tu padre: frío, calculador, incapaz de amar a nadie más que a sí mismo. Quítate del pensamiento ese capricho de Diana y busca algo más conveniente.

—Tienes formado sobre mí un juicio poco halagador —protestó Jorge, molesto.

—No me harás creer que piensas casarte con ella a pesar de no tener un céntimo.

Jorge calló, perplejo.

—Irremediablemente, debo casarme con una mujer rica. Pero es doloroso.

La princesa sonrió con ironía.

—Dolorosísimo. —Cambió otra vez de tono y dijo—: Por cierto. Si te quedas algún tiempo, te presentaré a mi amiga la viuda chilena. Ha ido a Argel un par de semanas, y volverá. Es muy linda... y millonaria. No tiene más que un pero. Es un poco mayor que tú.

—¿A qué le llamas un poco...?

—Tiene cuarenta y dos años.

—Recuerda que tengo treinta y uno...

—¡Bah! Parece una chiquilla. Te agradará. Y le agradarás. Y, en último caso, puedes buscar otra cosa que reúna también esa tonta condición que te interesa: la juventud. ¡Ea! Lo mejor que puedes hacer es quedarte a cenar conmigo. Hay una fiesta abajo. Mi chilena paga los «extras» del hotel sin mirar siquiera la nota. ¿Aceptas?

—Si ello te agrada... Esta noche me siento muy triste...

—¡Pobre Jorge! Eres demasiado sensible.

—No te burles, mamá.

—No me burlo, querido hijo.

Y la princesa, cogida de su brazo, bajó lentamente al comedor.

XII

CENA PARA SEIS

El gran salón, completamente inundado de serpentinas, indicaba que la alegría de la fiesta iba en aumento. Multitud de globos de diversos colores chocaban con las cabezas de los bailarines, que entre gritos y risas los lanzaban al espacio.

Tres orquestas, por turno, llenaban de música los salones, y algunos cantantes intentaban en vano hacerse oír entre la baraúnda de voces, risas y taponazos de champán.

Leo acababa de encargar al *maître* una copiosa cena, y después de haber dado fin, como aperitivo, a una botella, sentíase alegre y empezaba a tararear a media voz el conocido «Ab-da-lán», mientras la Ballenita entreteníase en rodearle de serpentinas. Max y Diana discutían sobre el apasionante tema de «en qué país del mundo se come mejor», cuando Max, con inexplicable presentimiento, pensó que algo iba a ocurrir de repente y le iba a aguar la deliciosa noche que se preparaba.

Nunca fallaban sus presentimientos. En aquel instante, el príncipe y la princesa Nipoulos, mirando a todos lados en busca de una mesa vacía, los descubrían y con la consiguiente sorpresa se dirigían hacia ellos.

—¿Tú aquí, Diana?

—¿Tú aquí, Jorge?

Max contuvo un movimiento de rabia ante la vista de su importuno enemigo. ¡Ya había ocurrido! Allí estaba aquel majadero, que le arrebataría a la Diosa. La fatalidad lo perseguía habiéndoles hecho ir a cenar al mismo sitio. Detrás de Jorge divisó Diana la elegante figura de la princesa Nipoulos. Conocíala apenas y, a pesar de ser la madre de Jorge, no sentía hacia ella la menor simpatía.

—Encantada de verla, princesa. Ignoraba que estuviese en Túnez.

—Yo mismo lo ignoraba —terció Jorge—. Recibí un aviso suyo esta noche y salí precipitadamente para acá.

Diana hizo las presentaciones y Leo los invitó cortésmente a sentarse a la mesa. La princesa, diciéndose que aquella iba a ser una noche agitada, aceptó sonriendo, y pronto se encontraron enfrascados en una conversación trivial sobre las bellezas de África, de Grecia y de España, que los príncipes conocían mucho.

Cuando aquel tema se consideró suficientemente gastado, reinó un silencio molesto, que Leo se apresuró a interrumpir pidiendo más champán. Aquello rompería quizás el hielo. Si no bebía, se iba a quedar dormido de aburrimiento. La Ballenita dominaba a duras penas algunos bostezos. Max respondía con incoherencias a las preguntas de la princesa. Diana tenía desagradables presentimientos, y Jorge, por su parte, hubiera deseado hallarse a muchas leguas de aquel lugar, incluso en su piso de París, con la sola compañía del fiel Pedro, el modelo de ayudas de cámara. La única que permanecía tranquila era su madre, sabiéndose dueña de la situación. Pronto apuntó con sus baterías a Diana e inició el fuego graneado:

—He oído hablar, por cierto, de su Escuela Social. ¿A quién se le ocurrió una idea tan divertida?

—La divertida idea fue mía, princesa —aclaró Max.

—Desde luego, no carece de originalidad. ¿Consiguen ustedes civilizar un poco a esa *troupe* de salvajes?

La Ballenita enrojeció violentamente, y Leo, atacado de un súbito acceso de tos, sugirió a la jovencita la idea de bailar.

Jorge, turbado por la indiscreción materna, contemplaba fijamente la punta de su cigarrillo a medio encender.

—Perdón, mamá —dijo cuando Araceli se hubo alejado—. Siento decirte que la señorita García es una alumna de la Escuela del señor Reinal.

La princesa puso cara consternada.

—¿Es cierto...? ¡Oh, cuánto lo siento! Lamento haber molestado a esa pobre muchacha. Luego procuraré contentarla. —Nadie podía precisar si su sentimiento era real o fingido—. ¿Así, pues, es una «nueva rica»?

—Su padre es millonario.

—¡Ah! —Hubo una pausa larga y la princesa clavó de nuevo sus acerados ojos en el bello rostro de Diana—. Me figuro que como negocio también les dará buen resultado la escuela. ¡Los tiempos cambian, hija mía...! Ahora esa gente está arriba y nosotros abajo, ¿verdad? —Su sonrisa amistosa se acentuaba—. No sabe cuánto he lamentado la noticia de su desastre económico.

Diana se clavó las uñas en la palma de la mano, sintiendo deseos de desaparecer del mundo, y sobre todo de la mirada inquisitiva de aquella impertinente mujer. De reojo contempló el rostro de Jorge, frío y hermético como el de una estatua, cuya nerviosidad descubría, sin embargo, cierto temblor en las manos. Después miró a Max. Los verdes ojos del joven, tan risueños y expresivos, revelaban en aquel momento toda una tempestad de encontrados sentimientos, enviándole un mensaje de aliento, que ella recogió por la telefonía sin hilos de su instinto femenino.

Todo fue tan rápido, que apenas la princesa acababa de pronunciar las últimas palabras cuando ya Max se levantaba e, inclinándose ante ella, la sacaba a bailar. La princesa, agradablemente sorprendida —gustábale sobremanera que la galantearan los muchachos guapos, y Max lo era ciertamente—, aceptó encantada y se lanzó con él por entre el torbellino de parejas.

Diana y Jorge quedaron frente a frente, guardando unos minutos de silencio. Con toda el alma, Diana agradeció a Max su generoso movimiento, que iba en contra de sus propios deseos... Max era... ¡incomparable!

Jorge se agitó un poco en la silla, sintiéndose horriblemente incómodo bajo la pechera de su camisa.

—¿Quieres bailar tú también, Diana? —la invitó por salir de aquella situación.

—No, gracias. Prefiero hablar contigo.

Jorge intentó sonreír, sin conseguirlo.

—Tú dirás, querida.

Diana fue derecho al asunto.

—Me figuro que tu madre te lo habrá contado todo.

—¿Todo qué?

—Lo referente a mi ruina, de la que ella parece estar bien enterada.

—¿Acaso no es cierta? —insinuó con secreta esperanza.

—Certísima.

Hubo una pausa.

—Lamento que —aclaró su voz, ligeramente temblona—, lamento que haya sido mi madre la que me haya contado una cosa que debiste decirme tú.

—Tienes razón, Jorge. Pero tengo una excusa. Temí que... —Se detuvo, sin decirle que temía perder su amor.

La inexpresiva cara de él no le dejaba adivinar cuáles eran sus pensamientos. Deseaba en aquel momento que él tuviese una frase de afecto y de consuelo, pero guardó un obstinado silencio, limitándose a mirar la punta de su cigarrillo. Algo murió repentinamente dentro de Diana.

—Es lamentable —dijo él al fin—. Verdaderamente lamentable. Me has estado engañando desde hace varios meses.

Diana sintió que se agolpaban a sus ojos lágrimas de despecho que pugnaba por contener. ¿Todo lo que se le ocurría era eso...? ¿Su comentario ante la desgracia era decir que «le había engañado»...?

—Lamentable —concordó Diana—. Veo lo... ridículo que ha sido mi silencio. Tratándose de una cosa tan importante como era para ti mi dinero, debía comunicártelo en el acto. —Jorge enrojeció hasta la raíz del cabello—. De todos modos, esta noche estaba decidida a hablarte de ello.

—¿De verdad? ¡Qué coincidencia!

Por vez primera desde que le conocía, diose cuenta de la enorme distancia espiritual que la separaba de su prometido. Y por primera vez también le vio como los demás debían verle: físicamente perfecto, exquisito, impecable bajo su *smoking*. Y vacío, fatuo, por dentro. Aquel derrumbamiento del hombre a quien creía haber amado hízosele insoportable, como si a la vez se derrumbase algo de su propio ser.

—He fundado esa «Escuela Social» con Max Reinal porque necesito ganar dinero para vivir. Esta es la verdad escueta. Si te la he ocultado algún tiempo es porque creía quererte y temía, ahora veo con cuánta razón, que para ti una Diana sin dinero careciese de atractivo.

Si algo se conmovió en el interior del príncipe, su rostro no lo denotó, conservando siempre la misma expresión hermética. Diana continuó con voz helada:

—No necesito decirte que nuestro compromiso está roto desde este momento.

El príncipe Nipoulos sintió una gota de sudor deslizarse por su frente de estatua griega. Se la secó con un pañuelo perfumado y tartamudeó:

—Yo... quiero asegurar que...

Lo que Jorge quería asegurar no lo pudo saber Diana, porque concluyó la pieza de baile y Leo y Araceli volvieron a la mesa, seguidos al poco rato por la princesa y Max.

Empezaron a servir la cena, que pareció interminable. Era imposible seguir bromeando y hablando de cosas fútiles cuando acababa de ocurrir una cosa tan trascendental como la de romper su promesa de matrimonio. Afortunadamente, la atención de la princesa iba dirigida hacia la Ballenita, a la que acosaba a preguntas, que ella contestaba ruborizada. Diana no tenía que esforzarse en animar la conversación.

De nuevo su mirada se cruzó con la de Max, en una súplica: «¡Sácame de aquí…!» Y Max, psicólogo como buen enamorado, recogió el mensaje.

—Espero, Diana, que habrás concluido tu helado de piña. Recuerda que me prometiste bailar un tango conmigo, y están tocando uno. El helado de piña no tiene importancia. Me gusta más bailar. ¿Vamos?

—No, no quiero bailar, Max —le dijo momentos después, mientras se deslizaban por el encerado parquet—. ¿De veras quieres hacerme un favor?

—Estoy a tu disposición. Pero dime…

—¡No me hagas preguntas, te lo suplico…! El favor que te pido es que me acompañes a la terraza y me dejes un rato sola. El tiempo que dure este tango. Al concluir, ven a buscarme. ¿Lo harás?

Había tal súplica en su voz, que Max asintió sin contestar y se abrió paso por entre la gente, hasta llegar a la terraza. Diana se acodó en la balaustrada, y él, respetando su deseo, se alejó lentamente, descendiendo al jardín, iluminado por farolillos.

En su pecho rugía la indignación. ¿Qué le habría dicho aquel mamarracho para que sus ojos tuvieran expresión tan desconsolada…? Se prometía *in mente* atroces venganzas y veíase en alta mar arrojando al príncipe para pasto de tiburones.

Sacó un cigarrillo de una cajetilla sin empezar y por casualidad sus ojos se detuvieron en el nombre de la marca: «Cigarrillos Benjamín». Acababa de adquirirla allí mismo, en el hotel.

Por lo visto, el negocio de su tío iba viento en popa. Risueñamente, volvió a meter el cigarro en su sitio y lanzó lejos la cajetilla y su contenido. Reconocía que era un testarudo, pero... Rio ligeramente, pensando en los comentarios que haría su tío si hubiese podido verle. ¿Qué tal estaría el buen vejete? ¿Habría acogido favorablemente la idea de su «escuela para nuevos ricos»? Max escribiole días antes notificándole la clase de negocio que ponía en marcha. Seguramente se daría a los demonios, considerándolo un disparate. Y, sin embargo, la escuela daba dinero, por absurdo que pareciese. En el fondo, Max comprendía que tío Benjamín tenía razón en lo referente a él. Su tío era un hombre sensato, en tanto que él... ¡Bueno! Él era así y no podía cambiarse. Al fin y al cabo, ¿qué mal hacía a nadie con su afán de pasarse la vida viajando, sin ocupación fija, puesto que no tenía deudas ni asuntos dudosos? ¡Claro que algún día tendría que pensar en casarse...! ¡Casarse...! Estaba seguro que jamás lo haría, de no ser con Diana. Con Diana, que en aquel momento estaba sufriendo por otro hombre.

El recuerdo del príncipe le irritó de nuevo. Lentamente se dirigió al bar, compró una nueva caja de cigarrillos de otra marca distinta y volvió al jardín a esperar sentado en un banco a que el tango concluyese.

Desde el rincón donde estaba instalado distinguía parte de la ciudad, callada a aquella hora.

—Es indispensable, Jorge, ¿me oyes...?

Max pegó un brinco en el asiento y se volvió a mirar, para convencerse de que era la princesa la que había hablado a su espalda. En efecto, allí estaba, en compañía de su hijo, paseando por la pequeña plazoleta de la que Max estaba tan solo separado por unos arbustos. Fue a levantarse, pero algo oyó que le hizo detenerse.

—Procura no romper rotundamente con Diana. Es necesario que, durante unos días al menos, continuéis siendo amigos.

—¿Puedo saber con qué objeto, mamá? Te aseguro que la situación está ya bastante tirante. Ella me ha devuelto mi palabra.

—¡Oh torpe...! Todo lo has de hacer de prisa —le recriminó la princesa—. Necesitaba que estuvieses a bien con Diana. Quiero... embarcar a bordo del *Bengala* y que tú continúes también allí.

Jorge la miró estupefacto y, por su parte, Max apagó de un pisotón su cigarrillo, que podía descubrirle, y continuó hundido en el mismo asiento, deseando tener algún motivo para tirarse al cuello de Jorge:

—No te comprendo, mamá. Hace una hora me aconsejabas un total rompimiento. Y ahora...

—Se trata de esa otra chica.

—¿Qué chica?

—Esa morenita tan guapa que me habéis presentado... ¿Sabes la dote que tiene...? —Citó muchos millones—. Comprenderás que no debemos dejar escapar de ningún modo una ocasión semejante.

—¿Te refieres a la Ballenita? —interrogó asombrado.

—No sé por qué has de llamarla así.

—Ese es el nombre que le da todo el mundo.

—De todos modos, su dote es fantástica. Te conviene. Y a mí también. Es una niña ingenua. Sería arcilla en nuestras manos. Y se volvería loca ante la idea de ser princesa.

—Lo creo —comentó sin entusiasmo—. Hablas así porque no conoces a la familia. Son algo... de pesadilla.

La princesa quedó silenciosa un instante.

—Son millonarios —dijo al fin—. Y ella es monísima.

—Me molesta de un modo horrible que me busques las novias, mamá.

—No seas ingrato, querido. Si sigues mis consejos, llegarás a ser una de las personalidades más atrayentes del siglo. Una especie de lord Byron o de... —Dejó la frase a la mitad y siguió—: Con tu título, tu figura y mucho dinero, ¿quién podría aventajarte...?

—Me parece que divagas. Yo no puedo hacerle la corte a esa chica delante de Diana. Sería una grosería.

—¡Cómo te gusta decir palabras inútiles! ¿Grosería, por qué...? ¿No me dices que ella te ha devuelto la palabra...? Quedas, pues, libre de compromiso.

—Sí. Pero hay que tener una piel poco sensible para continuar invitado en el *Bengala* y cortejar a otra mujer.

—Es increíble que a tu edad tengas tan poco mundo. Con desenvoltura se sale adelante. De lo contrario —bajó la voz—, acabaremos procesados por deudas.

Jorge se estremeció y suspiró profundamente.

—Tú también presentas las cosas de modo harto desagradable.

Rio la princesa.

—La realidad siempre suele serlo, hijo. ¿Sabes que me han aconsejado que ponga en venta nuestro palacio de Atenas?

—¡Nuestra casa! ¡Eso no es posible! La casa de nuestros antepasados...

Interrumpiole ella con un gesto de su cuidada mano.

—Todo eso es muy romántico y muy bonito, pero hace falta dinero, ¿comprendes? ¡Dinero! No sé si sabrás que no puedo vivir en Atenas porque los acreedores son de una impertinencia increíble.

Jorge asintió, indicando que aquel asunto resultábale familiar.

—Como comprenderás, no puedes perder de vista a esa chiquilla. La perseguirán todos los cazadores de dotes...

—Compañeros míos, ¿no...?

—Tú darías a esa mujer, a cambio de su fortuna, un título de princesa. No creo que ella perdiera con el cambio.

—Hay opiniones... En fin. No sé cómo arreglarlo, mamá.

—Lo mejor que puedes hacer es dejarlo de mi cuenta. Yo lo solucionaré todo.

Hubo un largo rato de silencio y Max empezó a impacientarse. Apretó con fuerza los puños hasta hacer blanquear los nudillos. ¡Cínicos...! Ahora iba a decirles unas cuantas verdades... Era increíble que pudiese haber gente tan desaprensiva... El temor a provocar un escándalo que redundase en perjuicio de Diana le contuvo. Más tarde, a solas con Jorge, le diría... ¡De qué buena gana pensaba abofetearle...! Atreverse a hacer a Diana una ofensa semejante... Era necesario que ella no se enterase, para que no padeciera un dolor inútil. El amor que sentía por la joven era tan sincero, que el pensar en la humillación de ella le impedía alegrarse por saber que había roto su compromiso.

Oyó alejarse a los dos y aún se quedó un rato en el mismo sitio, con objeto de serenarse y pensar... Todavía interpretaba la orquesta el tango, varias veces bisado. Lentamente se dirigió a la terraza en busca de Diana, sin encontrar rastro de ella. ¿Dónde estaría?

Avanzó por el salón, tratando de encontrarla. Un nuevo centenar de globos había sido lanzado al aire, y sus formas extravagantes representaban tan pronto una flor gigantesca, un pájaro desconocido o una cabeza monstruosa. Las luces cambiaban de color, pasando del violeta al verde claro y del azul al rosa. El encargado de una tómbola leía en voz alta los números premiados, mientras agitaba en la mano el regalo subastado: un oso de trapo, una polvera de señora, un neceser de viaje... El champán seguía corriendo en todas las mesas, produciendo más y más alegría.

¿Dónde estaba Diana...? Una serpentina le golpeó en un hombro, y se la sacudió con mal humor. ¿Se habría marchado a bordo sola?

—¡Eh, Max, hombre aburrido...! Ven acá.

—¿Eres tú, Leo? ¿Dónde está Diana? —Aproximose a su amigo, que, según su costumbre, se hallaba subido en un taburete de la barra ante un gran vaso de *whisky*.

—Diana está con los otros y los otros están con Diana. ¡Je, je...! —Leo tenía ya risa de borracho—. Esa princesa endemoniada que nos ha dado la noche nos invitó a subir a su saloncillo para enseñar a las muchachas no sé qué encajes... Yo me he escabullido... ¡Je, je! Ahora es cuando lo estoy pasando verdaderamente bien. Siéntate a mi lado, chico. Beber es vivir. Digo... vivir es beber ... Digo... Bueno... Lo que sea. ¿Qué vas a tomar? *Whisky*, ¿verdad? Oiga, camarero, dos *whiskys*. Sí. Otro para mí. Ya sé que van seis, pero no importa.

Max, con el mismo humor sombrío, se instaló al lado de Leo, el cual, en vista de que Max no le hacía caso, se entretuvo en hacer estallar con la punta de su cigarro encendido todos los globos que pasaban cerca.

—Te estás volviendo muy serio, y eso es ridículo. Si te vieran Cora, Lilí y otras, no te reconocerían. ¿Es que sientes vocación de cartujo...? ¡Fíjate, fíjate qué rubia más opípara está en aquella mesa queriendo timarse contigo! ¿Qué? ¿Que no te gustan las rubias...? Pues yo juraría que una rubia te...

—¡Cállate, mamarracho! Y no bebas más. Vamos a bordo en seguida. No puedes presentarte así delante de esas muchachas. Enviaremos un recado a la habitación de la princesa. El príncipe las acompañará a bordo. ¡Esta noche ha sido un fracaso! He dicho que no bebas más. —Le quitó el vaso de los labios y le obligó a bajarse del taburete—. Eres peor que un niño... ¿Qué dirían los discípulos de la escuela si te vieran en este estado? Vamos hacia la salida a buscar un coche.

—Hombre, déjame siquiera que me beba esa última gotita..., ¡solo esa gotita...! ¡Qué cruel eres! ¡Qué malvado...! —Leo lloraba a grandes voces—. ¡Me niega una gotita y dice que es mi amigo...! ¡Malvado! ¡Je, je...! Max Reinal... Malvado... ¡Je, je...! Malvado...

Max, llevándolo por un brazo, atravesó todos los salones, entre las miradas risueñas de la gente, y dio un profundo suspiro cuando una hora después, en el *Bengala*, metía a Leo bajo el grifo de la ducha, jurándose que en mucho tiempo no aceptaría su proposición de «ir a divertirse por ahí». Después de dejarlo en la cama relativamente sosegado, salió a cubierta, paseando arriba y abajo durante un largo rato y fumando cigarrillo tras cigarrillo. Luego se sentó en un sillón de mimbre y permaneció en la oscuridad, contento de aquel silencio que le permitía entregarse a sus pensamientos.

—¿Estás «posando» para una estatua, Max? Lo digo por tu inmovilidad. Me he dado cuenta de que estabas aquí por la lucecita de tu cigarro.

—¡Diana! ¿Cuándo has venido?

Acercose a ella con rapidez y escrutó con fijeza el rostro, un poco pálido.

—Hace cinco minutos. ¿Qué sucedió para que nos abandonarais a la pobre Araceli y a mí...?

—Pues sucedió que Leo... se detuvo y cambió su sonrisa por un gesto serio—. Por favor, Diana... ¿Qué ha habido entre tú y...? Perdona mi indiscreción, pero a mí no me engañan tu sonrisa falsa y tu tono de broma.

La muchacha guardó silencio un minuto.

—Ha ocurrido lo que tenía que ocurrir. Pero no tiene importancia. ¿Sabes una cosa? Mañana embarcará aquí la princesa Nipoulos. Me lo ha rogado.

—¡No es posible…! No me digas que has aceptado —rugió Max, lleno de ira.

—Claro que acepté, y además insistí para que viniera. Solo serán unos días. Los dejaremos en Trípoli.

—¡No lo he de consentir! Mañana le diré a esa gente…

Diana puso su mano sobre los labios de él para que se callara, y Max obedeció, electrizado por la dulzura de aquel contacto.

—No dirás nada, Max.

—Pero, Diana… Es que tú no sabes…, no puedes saber…

—Sé muchas cosas. Y tú necesitas saber otra: que hay una cosa que me interesa conservar siempre. Mi dignidad.

—Precisamente por eso…

—Precisamente por eso no quiero que Jorge ni su madre se figuren que estoy destrozada de pena y que no puedo soportar su presencia. —Su voz se alteró ligeramente—. Entérate bien de esto, Max. Y no digas ni hagas nada sin mi permiso. ¿De acuerdo…?

—Con tu permiso o sin él, lanzaré mañana a los dos por la borda.

—Max, por favor. ¡No me hagas el asunto más difícil todavía…! Esta noche, precisamente esta noche, he conocido bien a Jorge. Y no sufro por él, sino por mi desilusión. No comprendo el motivo por el cual desean prolongar su estancia aquí, pero, puesto que es así, quisiera que estos días transcurrieran sin violencia. Prométemelo, Max, no te mezclarás en este asunto.

Hubo una larga pausa, durante la cual Max luchó con sus sentimientos de antipatía hacia Jorge y el deseo de complacer a Diana.

—Está bien, te lo prometo.

Y mientras ella, después de acariciar su mano, se alejaba, se dijo: «Ya encontraré el medio de estorbar de otro modo los planes del príncipe. Por la dignidad de Diana y para no reventar del disgusto».

XIII

LA BALLENITA RECIBE
UNA DECLARACIÓN

El calor hacíase molesto aquella tarde, y todo el mundo se hallaba a cubierta, donde se estaba sirviendo el té. Las mesitas repartidas por entre las largas sillas de lona, el ruido de tazas y platillos, el ir y venir de los camareros y los trajes claros de las mujeres prestaban gran animación a la escena. El mar, completamente en calma, semejaba una inmensa sábana azulada y ni el menor soplo de brisa agitaba la toldilla. En la lejanía, una línea oscura denotaba la presencia de la costa, que bordearían sin detenerse hasta llegar a Trípoli... De allí se dirigirían a Alejandría.

La princesa Nipoulos, entre un grupo de personas, llevaba la voz cantante de la conversación. De vez en cuando lanzaba con disimulo una mirada hacia una pareja que, apoyada en la borda, charlaba al parecer animadamente. Tratábase de Jorge y Araceli... Hubiera sido perfecto de no haber estado allí el otro. Aquel muchacho insoportable e inoportuno, al cual la princesa encontraba atractivo a pesar de todo: Max. ¿Qué se propondría aquel joven enigmático? Cuando, unas noches antes, la princesa le conoció en Túnez, había creído adivinar, dándoselas de psicóloga, que Max sentía una mal disimulada pasión por Diana. Pero sin duda se había equivocado. Porque lo que aquel hombre se proponía era la conquista de la Ballenita. Le tentaban, por lo visto, los millones de Araceli y luchaba abiertamente con Jorge disputándose la chiquilla. Claro que en condiciones desventajosas —por lo menos, eso creía la princesa—. Max no era príncipe y carecía de aquella belleza de «estatua griega» que caracterizaba a su hijo. Cierto que era agradable en su estilo, ligeramente «picante». Pero no había que temer. Los Ballenas padres estaban locos y, como carecían de discreción, le habían asegurado a la princesa que si el príncipe se decidía por su hija, le doblarían la dote. Ante aquella cantidad de millones que veía en perspectiva, la princesa cerraba los ojos a otras cosas. Por ejemplo, a las manos toscas, cubiertas de sortijas de pésimo gusto, de su futura consuegra; a la risa aguda del Ballena, y sobre todo a aquel dichoso hermanito que siempre, desde el rincón donde se hallara, la contemplaba con una mirada burlona y una sonrisa irritante. La princesa habría jurado que más de una vez le había lanzado algo menudo y duro a las piernas (¿bolitas de café?). Y se prometía que algún día podría tirarle de las orejas, aquellas horribles orejas tan separadas, las cuales se pellizcaba mientras leía.

—¿Cuál es aquella costa cercana?

La pregunta provenía de la señora Calierno, una discípula de la «escuela», y Leo, que escrutaba el horizonte con los gemelos, explicó:

—Son unas islas. Si no me equivoco, un poco más allá debe hallarse Nuevo Paraíso, que tiene una historia interesante.

—¡A ver, a ver, cuéntela! —rogaron a coro varias voces. Leo obedeció encantado:

—Se trata de una pequeña isla, que no creo figure en los mapas; la adquirió un multimillonario sueco. Un excéntrico asqueado del mundo, que hizo edificar en ella un suntuoso palacio, en el que se instaló acompañado de su numerosa familia. Allí viven, desde hace quince o veinte años, en esa especie de reino formado por ellos, en el que, según creo, hacen una vida patriarcal. Un amigo mío, también sueco, fue invitado una vez a Nuevo Paraíso, y no acababa de contar cosas extraordinarias. Volvió entusiasmado, aunque reconociendo que aquello era magnífico solo por unos días. El señor Andersen, que así se llama el millonario, tiene seis o siete yates, con los cuales abastece su isla y en los que a veces transporta a sus invitados, cuidadosamente seleccionados.

—¡Pero eso es estupendo! —opinó alguien—. No podemos pasar de largo por un lugar tan interesante. Señorita Carlier, tiene usted que dar orden de que anclemos en ese lugar un par de días.

Diana, que, hundida pocos pasos más allá en una silla de lona, escuchaba la conversación, asintió sonriendo:

—Daré órdenes, si eso es factible... ¿Puede visitarse, Leo?

—Siento defraudarlos —declaró este—. Está terminantemente prohibido detenerse en Nuevo Paraíso sin permiso especial del dueño, y la broma nos podría costar una multa muy elevada. Es una de sus atribuciones, la de poder elegir a todo el que entra en su territorio.

—¡Qué lástima! En todo caso, podríamos pasar cerca, ¿no?

—Eso sí. Dentro de un par de horas la veremos bien...

Mentalmente, Diana envidió el aislamiento de aquel millonario que podía permitirse el lujo de vivir separado del resto de la humanidad, en un lugar paradisíaco en plena civilización y, sin embargo, apartado de ella. ¡Ojalá se le hubiera ocurrido hacer lo mismo, cuando se hallaba en posesión de su fortuna! En aquellos momentos encontraba intolerable a la gente, acometida como estaba de un súbito acceso de melancolía.

El cuadro que continuamente tenía ante su vista le irritaba: Max-Araceli-Jorge. El trío inseparable. La Ballenita reía y charlaba continuamente con los dos, y de seguro se estaba divirtiendo como nunca en su vida. Podía soportar el dúo Jorge-Araceli. Pero el que Max se hubiera sentido también flirteador la enfurecía. De su exnovio estaba tan desengañada que nada que dijera o hiciera la hería ya. Pero Max... Su ferviente admirador, su amigo más leal, sentirse atraído por la Ballenita y disputársela a Jorge como se la estaba disputando, era inconcebible... En cambio, desde que había iniciado aquel *flirt* parecía ignorarla. Nada de frases cariñosas. Nada de llamarla «princesita» ni «Diosa», ni de buscar los momentos oportunos para hablarle. Nada. Diana sentía unos deseos locos de llorar. Al fin había resultado cierto lo que sus amigas le dijeron de Max. Que era un enamoradizo, un mala cabeza, un aturdido... Incapaz de un sentimiento perdurable... Sin detenerse a pensar en los motivos que pudiera tener para estar tan triste por aquel desvío, cerró los ojos deseando apartar la vista del terceto, que continuaba riendo. Sentíase triste y abandonada. Por un momento habíase creído con fuerzas para rehacer su vida, pero veía que no las tenía. En cuanto le faltaba el entusiástico apoyo de Max, su ternura, su amistad, su optimismo, derrumbábanse todos los proyectos acerca de un porvenir mejor.

Felizmente, no podía oír el diálogo que Max sostenía con la Ballenita en aquel momento. De haberlo oído, su mal humor habría aumentado.

—Celebro que nos haya dejado solos ese pasmarote —decía Max—. Sin duda se ha cansado de escucharme.

En efecto, el príncipe Nipoulos, harto de no poder meter baza —Max se lo impedía—, habíase aproximado melancólicamente al grupo que capitaneaba su madre, la cual le dirigió una mirada reprobadora.

La Ballenita sonrió a Max, contenta también de quedarse a solas con él. Era su tipo. Comprendía perfectamente —sus padres se encargaban de hacérselo comprender— que le convenía más flirtear con el príncipe Nipoulos. Ser princesa era indudablemente maravilloso. Pero Max era tan... tan... tan... En fin. Tan de su gusto. Tenía un modo de mirar, entornando aquellos ojos verdes tan pícaros, y una gracia para decir cosas bonitas... Su corazón se inclinaba hacia Max. Era evidente. Aunque no fuese príncipe. Papá y mamá eran fastidiosos...

—¿Cómo se atreve a llamar pasmarote al príncipe? —comentó la Ballenita, escandalizada.

—No hago más que darle el nombre que le cuadra. Es capaz de pasarse horas y horas en silencio. Él dirá que «lleva dentro un mundo interior». Lo que ocurre en realidad es que carece de imaginación. ¿No lo ha notado?

—No sé, la verdad...

—¡Pobre de la mujer que sea su esposa!

—¿Pobre por qué? —interrogó, alarmada.

—Su vida será un eterno monólogo al lado de ese hombre. Hará un marido fatal.

—¿Por qué?

—Pues porque sí. Es un hombre muy extraño. Seguramente en la intimidad será maniático. Conocí a un príncipe que solo permitía a su esposa comer espinacas e higos chumbos.

—¡Qué horror!

La Ballenita aborrecía los higos chumbos.

—¿Y por qué? —añadió levantando los ojos hacia Max.

A este le empezaban a irritar tantos porqués.

—Era un maniático. Pero parecía normal. Igual que este príncipe Nipoulos. Hasta se le asemejaba físicamente.

—¿Cree que él también tendrá manías?

—Seguro. ¿No se ha fijado en sus ojos de loco? Como los de su madre.

—Sí. La princesa me asusta un poco —confesó la infeliz Ballenita.

—Además, son griegos, y tienen en Atenas un palacio lleno de fantasmas donde vivirá el príncipe en cuanto se case.

—¡Qué espanto! ¿Fantasmas de verdad?

—Auténticos. De hace seis siglos lo menos. Tiene también una curiosa leyenda. Cuando se casa algún Nipoulos, el primer príncipe de este apellido, que murió hace una porción de siglos, baja a sentarse todas las noches, durante varios meses, en una silla al lado de la cama de la novia. Esto sucede hasta que la desposada tiene el primer hijo. Cuando ha nacido un descendiente, el primer Nipoulos se aleja, contento de que su apellido siga perpetuándose.

—Pero... ¡es para volverse loca! ¿Y si Dios no les manda hijos?

—En ese caso, mucho me temo que tengan que aguantar al fantasma en la cabecera toda la vida.

Araceli estaba sin aliento.

—Temo que hoy no dormiré. Soy muy miedosa.

—Varias desgraciadas princesas murieron de terror la noche de su boda. Se comprende, ¿verdad?

—¿Y cómo se consiente que gentes cargadas con ese maleficio se casen...? Creo... creo que las autoridades de su país deberían prohibírselo.

—Nadie se atreve a hacerlo. Además, ellos lo niegan rotundamente. Si usted interroga a ese muchacho, ya verá como la desmiente indignado. Yo lo sé porque he estado algún tiempo en Grecia.

—¡Me ha dejado el corazón encogido, señor Reinal!

—Llámeme Max. Me figuro que no tendría intención de casarse con ese tipo.

—¿Y por qué no?

—Usted merece otra cosa. Un español apasionado, en lugar de esa estatua de hielo. Un hombre que no la quiera por su dinero. Un joven que la haga feliz aunque no tenga título de nobleza.

—Es decir, alguien como usted, ¿no? —preguntó Araceli mientras su corazoncito latía descompasadamente.

Por un momento, Max sintió remorderle la conciencia. Se aflojó con un dedo el cuello y la corbata, que parecían asfixiarle.

—Bien, ¿y por qué no...? Algo así como yo.

—¿Y por qué no usted mismo? —interrogó la Ballenita maliciosamente.

—Bien —repitió Max ¿Y por qué no yo mismo...?

—Usted me... me gusta muchísimo, Max —confesó la chiquilla—. ¿Acaso es que me quiere?

Max sintió que una madeja de lana se enredaba alrededor de su cuello e iba estrechándose, estrechándose. Con un hilo de voz y agarrado siempre a la muletilla, repitió como un eco:

—Bien. ¿Y por qué no he de quererla...?

La Ballenita sentía que las palabras de entusiasmo se le escapaban de los labios.

—¿Esto es una declaración de amor? ¿Me pide usted que sea su novia?

Hubo un minuto de silencio. Y después:

—Bien. ¿Y por qué no ha de ser mi novia?

¡Ya estaba hecho! Max se había lanzado. ¿Cómo acabaría aquello? Lo ignoraba. Solo sabía una cosa. Que por encima de todo impediría que el exnovio de Diana ofendiese a esta pasándole a otra novia ante sus ojos poco después de la ruptura. No. Diana no pasaría por aquella humillación. Él lo impediría. Sabía que a Diana le sería indiferente lo que él hiciera o dejara de hacer.

—Yo también le quiero desde que le vi, Max —confesó francamente la Ballenita sin el menor rubor—. Me gusta por un motivo especial...

Titubeó un momento y al fin se decidió:

—En fin, se lo confesaré: mi gran amor es... Robert Hughes, el actor de cine. Me vuelve loca. Y usted se le parece horrores.

En aquel momento, Max sintió que su conciencia se tranquilizaba y que aquella bobita merecía alguna lección.

—¡Ah! ¿Conque es eso...?

—Sí.

—Por lo visto soy: «Lo mejor, a falta de... Robert...».

Rio ella ingenuamente.

—Sí, pero mis papás no querrán —dijo seguidamente.

Hubo un nuevo silencio.

—Entonces... ¿me da calabazas?

Inconscientemente deseaba que así fuera.

—De ningún modo. Soy una niña desobediente. ¿Se alegra?

—Na... naturalmente...

—Pues ya lo sabe.

—Entonces... su respuesta es que...

—Que sí. Que desde este minuto soy su novia, pero en secreto. Más adelante se lo diré a mis papás. Cuando se les pase la obsesión por el príncipe. Yo les convenceré de que casándome con ese muchacho sería esclava de su madre. Además, lo de los fantasmas me horroriza. Seré más dichosa contigo. ¿Eres feliz? Te llamaré de tú cuando estemos solos, ¿verdad, Max...? Dime que te alegras... Y dime también algo cariñoso.

Max se había convertido en aquello que él llamara al príncipe: en un pasmarote. Por primera vez en su vida no sabía qué decir a una mujer. Trató inútilmente de sonreír y con voz sepulcral lanzó «la frase de amor» que Araceli esperaba:

—Francamente, no sé qué diría Robert Hughes en mi caso...

XIV

DISPUTA A BORDO

—Déjeme los prismáticos un minuto, Leo... Es una pena que haya tan poca luz y que no se puedan distinguir los detalles de la isla.

—Aquella mancha blanca y grande es el palacio —explicó Leo ¡Quién pudiera visitar Nuevo Paraíso!

Navegaban bastante cerca y la noche era tan apacible que distinguíase el ruido de las rompientes de la costa. Doña Marieta, el Ballena y otras cuantas personas contemplaban la oscura silueta del misterioso trozo de tierra.

Era casi de noche y en el salón sonaban los acordes con que la orquesta afinaba sus instrumentos, antes de interpretar un escogido concierto. Todo el mundo olvidó momentáneamente a Nuevo Paraíso y se trasladó adentro, donde otros más rápidos habían cogido ya los mejores sitios.

Doña Marieta buscó inútilmente con la mirada a su sobrina. Hacía algunos días estaba tan triste, que la anciana se entristecía también.

Diana hallábase en aquel momento en la toldilla de proa gozando de unos bellos instantes de soledad contemplando el mar, al que la luna arrancaba brillantes reflejos. Oía la orquesta, que empezaba a preludiar *Rosamunda*, de Schubert, y dejábase arrullar por el encanto de la música, que calmaba sus nervios, en tensión.

—¿Por qué tan sola, Diana?

Sobresaltose la muchacha al escuchar la voz de Jorge, que tranquilamente se sentó a su lado.

—Me gusta la soledad.

—A mí también.

—Entonces puedes quedarte. A veces se consigue una soledad perfecta entre dos personas.

Hubo un pequeño silencio, que Jorge dedicó a encender un cigarrillo, tras de ofrecerle otro a Diana, que rechazó.

—Eres muy dura conmigo. ¿Tienes queja de mí...?

Su cinismo la desconcertó.

—Eres graciosísimo, Jorge.

—¿Gracioso? A fe mía, no veo que tenga gracia en este momento.

—Careces del sentido del humor. Yo me divierto mucho oyéndote. Antes no me divertías tanto.

—Explícame eso —dijo Jorge, amostazado.

—Antes no te conocía como ahora.

—Sospecho que ese supuesto conocimiento no ha aumentado el aprecio que me tenías.

—En cierto modo, sí.

—¿De veras?

—Hasta hace poco, entre los sentimientos que me inspirabas no se contaba el de la compasión.

El príncipe se sintió profundamente molesto.

—No es agradable lo que dices. ¿Puedo saber en qué se funda tu… compasión?

—Te veo como a un polichinela cuyos hilos mueve otra mano.

—¡Diana! Te excedes. No sé a qué mano te refieres.

—A la de tu madre, por supuesto. Eres muy cándido. ¿Crees que no comprendo el juego de la princesa?

—¿El juego de mamá? ¡Deliras, Diana!

—La princesa Nipoulos, aunque no estemos en las costas de Noruega ni en el mar del Norte, va a la pesca de Ballenas. *C'est compris…?*

Jorge enrojeció y el cigarrillo se le cayó de las manos.

—Ahora veo lo que te pasa, Diana. Estás celosa.

—¿Celosa yo?

En realidad, le hacía gracia la sugerencia. ¿Celosa de Jorge? ¿Era posible que le hubiese querido alguna vez?

—Permíteme que me ría, Jorge. Por esta vez te equivocas.

Hubo un largo silencio, durante el cual solo se oyeron sus entrecortadas respiraciones.

—Bien —dijo al fin—. Eres una mujer inteligente, Diana, y te hablaré con claridad. No puedo ocultarte que mi situación monetaria me obligará a contraer un matrimonio de interés.

—¿A vender tu título?

—No me gusta dicho así… Pero quizá sea eso, realmente. De todos modos, a ninguna mujer la querré como a ti.

Jorge se esforzaba inútilmente en que su tono resultase dramático.

—Lo siento por tu futura esposa. Le espera un porvenir poco agradable.

—Ves la vida desde un punto poco razonable, querida. En el mundo solo hay una cosa que valga la pena, créeme. El dinero. Todo lo demás gira a su alrededor. ¿Por qué no te casas con algún hombre de posición? Eres bellísima y encontrarás los partidos a montones.

—¡Cuánto te preocupas por mí! —comentó asqueada—. Pero yo no me vendo. Entérate de una vez para siempre.

—¿Por qué empleas esos términos tan duros? Te aconsejo que te cases con algún millonario, porque será mejor para ti. Luego, si la vida es un infierno, siempre se está a tiempo de una separación, en la que el cónyuge adinerado pague una espléndida pensión al otro. Y después… ¡a vivir! ¿Qué impediría entonces que nosotros nos quisiéramos?

Diana guardó silencio, ahogada por la indignación.

—¿Eso es lo que tú piensas hacer?

Su tono helado le intimidó.

—¿Por qué no, Diana?

Levantose y le miró de arriba abajo.

—Eres un indeseable, y celebro haberme dado cuenta a tiempo. Deseo que seas muy dichoso, si puedes, como marido de esa desgraciada Araceli.

—¡Un momento!

Alguien acababa de aparecer en la toldilla y su elevada silueta se interpuso entre ambos.

—¡Un momento! —repitió—. Perdonen que me inmiscuya en conversaciones privadas, pero al pasar por aquí he oído casualmente la última frase de Diana.

—¿Qué frase, Max?

El aludido, porque tratabase, en efecto, de Max, declaró:

—La de que deseaba felicidades al príncipe como marido de Araceli. Y no me parece bien que nadie haga proyectos de boda con mi novia.

Ya estaba. Había lanzado la bomba, y el efecto que produjo en su auditorio no pudo ser más impresionante.

—¡Su novia! ¿Qué dice…?

—Digo, y espero que esto quede entre nosotros por razones particulares, que esta tarde Araceli se ha prometido conmigo.

—¡Max! ¡No! ¡Max, no digas eso…!

La voz de Diana fue tan desgarradora que, de no haber estado todos tan alterados, su acento habría sido una revelación.

—Esta es la verdad, Diana. Me figuro que el príncipe se abstendrá en adelante de hacer la corte a dicha señorita.

Diana estaba a punto de llorar.

—Pero… ¡si no es posible! ¡No es posible que hayas hecho eso, Max! Dime que bromeas.

Max suspiró, decidido a llevar su sacrificio hasta el fin. Nadie debía sospechar que la tranquilidad de Diana era lo único que le importaba en el mundo. Y que por no verla hacer un papel desairado realizaría milagros.

—¿Por qué no habría yo de enamorarme de Araceli? Es una chica muy guapa.

—Y muy rica —sugirió Jorge, rabioso.

—Justamente. Y rica. Es un pequeño detalle que me importa mucho, se lo aseguro.

—¡Max! No creo todo esto…

—Créelo, Diana. Si no me crees a mí, puedes preguntarle a ella.

Hubo un pesado silencio.

—¡Eres un cazador de dotes! Jamás creí que pudieras hacer una cosa así.

En su voz había lágrimas y en sus ojos también, pero la oscuridad impidió a Max darse cuenta de lo que hubiera hecho su felicidad.

—Diana...

—¡Cállate! No quiero oírte una palabra más...

Volviose hacia ellos y, dominándolos con el gesto, los increpó:

—¡Me repugnan los dos...! Los desprecio y los odio... Y a ti, Max Reinal, a ti... nunca te perdonaré.

Su voz se quebró y rápidamente se alejó, sumergiéndose en la grata oscuridad de la cubierta.

Los dos hombres se quedaron perplejos. Ninguno pudo decir nada. Ambos pensaban que, cada uno en un sentido, acababan de hacer el idiota.

XV

NOCHE DE ACONTECIMIENTOS

Diana se secó los ojos por centésima vez, notando que su pañuelito de batista estaba empapado. Sentíase deshecha moralmente. Llevaba un rato echada en su litera, sollozando con amargura. La traición de Max habíale descubierto el secreto de su corazón. Le amaba apasionadamente, quizá sin saberlo, desde el momento en que le conoció. ¿Qué era, si no amor, aquella atracción, aquel continuo deseo de que se aproximara adonde ella estaba, aquella necesidad de verle y oírle que sentía a todas horas? Y sobre todo, aquella tranquilidad con que había tomado el asunto de Jorge. De no conocer a Max, ¿habríase quedado tan tranquila al romper con su novio? Le amaba, y de tal manera que su decepción la dejaba exhausta, muerta de pena, sin ganas de vivir. ¿Cómo podría soportar el idilio que tendría que desarrollarse ante sus ojos? Oír cómo llamaba con palabras cariñosas a Araceli, cómo le decía que él era M. R. y contemplar cómo la miraba, con aquel apasionamiento con que antes la miraba a ella... ¡No! No podría aguantarlo. Abandonaría el *Bengala* en el primer puerto... En cuanto llegasen a Trípoli se escabulliría sin advertir a nadie para no tener que dar explicaciones. Solo a tía Marieta, cuya tranquila respiración oía a través de la puerta, ya que había instalado su cama en el saloncillo de su tía. Pero hasta llegar a Trípoli quedaban algunos interminables días de mar. ¡Y no podría soportarlos! ¡Se moriría...!

Asfixiábase en el camarote y salió a cubierta, que permanecía desierta por completo. Distinguíase tan cerca la silueta de la isla Nuevo Paraíso, que por un momento sintió la intención de alcanzarla a nado. ¿Por qué no...? Leo había explicado que estaba habitada por gente correctísima. Les diría que había caído al agua, por un accidente. Y les pediría que la llevasen al puerto más próximo, donde pudiera tomar un barco para... ¿para dónde...? Hallábase tan sola, que no sabía a quién recurrir. A Nápoles no volvería, aunque tía Marieta conservaba el pisito de la *strada del Duomo*. Tenía demasiados recuerdos. ¿Dónde, entonces? A Inglaterra. En Hull vivía una antigua institutriz que la quería muchísimo y que la había invitado infinitas veces. Miss Morris podría proporcionarle algún empleo... Sí. Iría a Inglaterra. La idea, por absurda que pareciera, iba tomando cuerpo en su imaginación.

Total, la isla hallábase a poca distancia. Era una excelente nadadora... Tendría que llevar sus documentos. ¿Cómo iba a viajar sin pasaporte y sin dinero...? Y si los llevaba se le mojarían. Tuvo una nueva vacilación. Pero deseaba poder irse y que por la mañana la buscase Max inútilmente... Nunca más le vería. Nunca más. Un sollozo cortó el hilo de sus pensamientos. Recordó de pronto que en cubierta tenía su piraucho, tan manejable. Con el remo llegaría en media hora a la isla, que tan bien se distinguía a la luz de la luna. ¿Iba a tener miedo? Muchas veces se había bañado de noche, cuando viajaba en su yate, con un grupo de amigas, en otros tiempos. No. El agua no la asustaba. ¿Entonces qué? Únicamente el miedo a lo desconocido. Pero tampoco lo era. Leo aseguraba que aquel amigo suyo... Bueno. Lo haría... Todo antes que ver a Max y a Araceli con las manos entrelazadas.

Volvió a su camarote y, moviéndose en silencio, hizo un pequeño paquete con ropa, cogió sus documentos y algún dinero y escribió unas líneas a doña Marieta. En la puerta de su camarote colgó el siguiente mensaje: «Ruego no me despierten hasta las doce».

Así, hasta el mediodía no se darían cuenta de su desaparición, y en tantas horas habrían pasado por delante de otras islas y bordeado mucha costa para que pudieran saber en qué punto desembarcó.

Cerró con llave la puerta que comunicaba con el camarote de su tía y salió fuera. Las estrellas brillaban en un firmamento sereno y la luna lucía alta.

Desató el piraucho del lugar donde se encontraba, atando a él su paquete y el remo. Vaciló un momento antes de echarlo al agua. Cinco minutos después, ella misma le seguía y en dos brazadas lo alcanzaba. Con feroz energía empezó a remar.

La primera idea de Diana al desembarcar fue la de llevar su equipaje a sitio seguro. Sentíase asustada. Era impresionante encontrarse de noche y sola en una tierra desconocida... Pero, en cambio, no volvería a ver a Jorge ni a Max... Arrastró el piraucho hacia la playa. Aún le llegaba el agua hasta la rodilla. A la derecha, ya sobre la arena, había un pequeño promontorio de rocas, adonde seguramente no llegaría la marea. Colocó su equipaje y se sentó, deseando que se le pasara aquella intranquilidad. Miró al *Bengala*, cuyas luces brillaban un poco más lejos. Allí estaba Max... Nunca, pasasen los años que pasasen, podría olvidar su agradable sonrisa y aquel modo de decir: «¡Ahora o nunca!» y «¡Dios la bendiga!». Se secó la cara. No sabía si eran lágrimas o agua que le escurría del pelo. Tenía que cambiarse de ropa, para no coger un constipado. Mientras lo hacía, decidió que no se presentaría al señor Andersen hasta la mañana siguiente. En primer lugar, no se aventuraría por la isla en aquella oscuridad, y además tenía que esperar a que el *Bengala* se alejase. Se vistió con una falda, un jersey y una muda interior bien seca y se calzó las sandalias, volviendo a sentarse sobre la roca.

Minuciosamente contempló cuanto la rodeaba. La playa, de grandes dimensiones, concluía en una gran profusión de árboles, una mancha sombría, semejante a la entrada de una selva. Se estremeció y de nuevo miró al mar y al barco, que continuaba siendo una forma luminosa en el agua.

Una enorme luna blanca ponía de relieve las copas de los árboles cercanos. El opresivo silencio la atormentaba. Continuó inmóvil durante mucho rato. Más de una hora. Quizá dos, hasta que las luces del *Bengala* desaparecieron de su vista. Entonces sintió más aún la angustia de su soledad. ¿Por qué tardaría tanto en amanecer? ¿Cuánto faltaría para que el sol hiciese su deseada aparición?

Se incorporó, estirando sus entumecidos miembros. Pero un ruido insólito la dejó en suspenso. ¿Qué era? ¿Algún animal nocturno? Sintió vivo terror y miró ansiosamente al mar, en cuya inmensidad no se advertía el menor vestigio de vida. Aguantó la respiración y de nuevo oyó el ruido desconocido, mezclado con el canto de los grillos y el susurro del viento al pasar por entre los árboles, agitando levemente las hojas. ¿Habría fieras en aquel paraje...? El corazón le golpeteaba tan fuerte, que le producía dolor. Casi en el acto se perfiló ante sus ojos la sombra gigantesca de una silueta, extrañamente alargada. La gigantesca sombra emitió un sonido humano, una frase dicha en correcto español:

—¿Quién va?

—¿Quién es? —interrogó Diana al mismo tiempo, con acento trémulo.

La voz masculina repitió bruscamente, denotando sobresalto:

—¿Quién está ahí?

De un salto salió ella de su improvisado refugio, entre el promontorio de rocas, no queriendo dar crédito a sus oídos respecto al eco familiar de aquella voz.

—¡Eres tú! Tú...

No sabía qué impresión la dominaba más: si el alivio de la tensión nerviosa sostenida, creyendo que tenía que habérselas con algún monstruo de las selvas, o el asombro inaudito de encontrarse frente a frente con la persona a quien creyera no volver a ver.

Aquella persona que, estupefacta también, gritó:

—¡Tú...!

Durante varios segundos se contemplaron Diana y Max a la luz de las estrellas, con los ojos agrandados por la sorpresa y la respiración entrecortada.

—¡Tú! —repitieron a dúo.

Y luego, también a la vez:

—¿Qué haces aquí?

Hubo una pausa angustiosa. Indiferentes a la noche que los rodeaba, al misterio de lo desconocido, a sus atuendos un tanto extraños (Diana tenía aún su cabello chorreando y Max iba descalzo, con el traje completamente mojado y un rollo oscuro de ropa bajo el brazo), continuaron mirándose intensamente.

—¡Temo estar soñando! —Ahora era él quien hablaba—. ¿Cómo has llegado hasta aquí...? —Eso mismo me pregunto yo respecto a ti...

El acento de ella revelaba profunda irritación.

—Habla tú primero, Diana.

—Sí. Hablaré yo primero. He de decirte que esto que has hecho es sencillamente odioso. —¿Odioso...? Durante toda la noche no has hecho más que repetirme ese adjetivo. ¿Puedo saber por qué?

—¡Porque es odioso que te hayas atrevido a seguirme! ¿Quién te autorizó a ello? ¡Di! ¿Quién te autorizó?

La voz de Max, fría y terminante, la dejó en suspenso.

—¡Yo no te he seguido!

—¿No? ¿Entonces cómo has venido? ¿Me viste marchar?

—¡Juro que no! Cedí a un impulso irresistible. Mi mayor sorpresa ha sido encontrarte. Las cosas se habían puesto desagradables en el *Bengala* y me marché sin pensarlo más.

—¿Has hecho eso? ¡No es posible!

—Habías sido injusta conmigo. Quizá tuve yo la culpa. Pero leí tanto odio en tus ojos que... lo eché todo a rodar. Me molesta vivir al lado de quien me aborrece.

— ¿Pretendes que te crea?

—¡Haz lo que gustes! Pero, por lo pronto, explícame qué haces también aquí.

—Odiaba a Jorge, a la princesa, a los Ballenas y a ti. El aire que se respiraba en el *Bengala* se me hizo insoportable. Vi Nuevo Paraíso tan cerca, que me vine en el piraucho, con la esperanza de que el señor Andersen me facilitara los medios de embarcar, en el puerto más próximo, en dirección desconocida, para no veros más.

—¡Muy bien...! ¡Magnífico! ¡La hemos hecho buena, Diosa...!

—¡No me llames así! ¡Te lo prohíbo!

Reinó otra vez el silencio, aquel silencio lleno de ira que Diana rompió, irritada:

—¡No hay más isla en el mundo que esta! ¡Tenía que ser aquí donde vinieras!

—Eso mismo puedo yo decirte.

—¡Oh! Cada minuto que pasa siento más deseos de abofetearte...

—Si es un capricho...

—¿Por qué no has esperado a marcharte en el primer puerto?

—¿Por qué no esperaste tú?

—Seguí un impulso.

—Creo que ambos somos demasiado impulsivos.

—No me irrites todavía más.

—No ganamos nada con regañar. No sé si te darás cuenta de que... Temo que...

—¡Acaba de una vez...!

—Que esta maldita coincidencia nos ha puesto en una situación difícil.

Diana se quedó mirándole, deseando adivinar el oculto sentido de sus frases. Y se dejó caer al fin sobre la roca, ocultando el rostro con las manos.

—¡Dios mío! Al ver que nos hemos ido los dos... pensarán que hemos huido juntos...

—Es probable.

Diana se pasó los dedos por el húmedo cabello, llena de desesperación.

—¡Todo por tu culpa! ¡Por tu culpa!

—¡Por la tuya...!

Él también estaba enfadado y no lo disimulaba.

Hubo otro silencio pesadísimo. Diana suavizó el tono con esfuerzo.

—¿Qué haremos, Max?

—No sé. Lo siento. Me pegaría y te pegaría.

—Dejé una carta a tía Marieta rogándole que no me buscara.

—Yo también dejé unas líneas a Leo.

—¿A Leo? ¿Y por qué no a mí?

—Estaba dolido contigo. Le encargaba que se ocupara del negocio hasta que concluyera el primer viaje. Le dejé el dinero y las cuentas.

—¿Has sido lo bastante loco como para abandonar un negocio en el que tenías puesto un dinero que no era tuyo?

—Lo he sido. Pero creía que tú estarías a bordo. Tú eras para nuestra escuela tanto como yo. Confiaba en que ayudarías a Leo.

—Tío Benjamín no te ha dado el dinero para que nos pusieras un negocio a Leo y a mí.

—Verdaderamente no. Pero al concluir este primer viaje arreglaría cuentas con Leo. Tú tendrías derecho a tu parte de ganancias. El resto se lo devolvería al tío y le enviaría al diablo. Ya te he dicho que siempre sigo mis impulsos sin pensar en las consecuencias.

—¡Oh Max! ¡Esto es una desgracia...!

Asintió, sintiéndose también desesperado. Aquello perjudicaría el buen nombre de Diana. ¿Quién iba a creer que una desaparición tan extravagante fuese debida a la casualidad? Nadie. Ni la misma doña Marieta. Ni Leo. Ni mucho menos los príncipes. Además, ¿cómo podría marchar la escuela sin ninguno de sus dos organizadores? Max contaba con Diana. Diana contaba con Max. Pero los dos se habían marchado, dejando a los otros ante un lío mayúsculo.

Sentía ganas de tirarse al agua y dejarse ahogar. El mismo pensamiento pasó por la mente de Diana, que bruscamente se puso en pie, yendo en busca del piraucho.

—¿Qué vas a hacer? —le gritó al ver que se dirigía hacia la orilla.

—Irme a bordo otra vez.

Lo absurdo del proyecto le hizo sonreír sin ganas.

—¿Irte? ¿Estás loca? ¿Pretender ir con el piraucho a más velocidad que el *Bengala*? ¿O es que deseas ahogarte?

—Lo prefiero a tener que afrontar esto...

Como una chiquilla tozuda, avanzó unos pasos hacia el mar. Solo dos pasos, porque Max en seguida la levantó en vilo, con piraucho y todo, y corriendo atravesó la playa, dejándola de nuevo sobre las rocas.

—Merecerías que te castigase por desobediente.

—¡Oh Max, Max! ¿Qué haremos? Dime: ¿qué podemos hacer?

Max se rascó la barbilla sin responder.

—No sé —dijo al cabo. Y a media voz añadió—: Bueno. Dentro de un siglo, a nadie le importará esto.

Le miró estupefacta.

—¿Qué tonterías estás diciendo?

—Pensaba en alta voz. Siempre que me sucede algo horriblemente desagradable, me digo: «Dentro de cien años, nadie se acordará de esto que ahora me parece tan importante». Y me sirve de consuelo.

—¡Pues a mí no me consuela lo más mínimo!

—Depende de la cantidad de filosofía que posea cada cual.

Lo mejor que podemos hacer es conservar la sangre fría y afrontar valientemente los hechos. En cuanto amanezca, nos presentaremos al señor Andersen. Después...

—Después... —repitió Diana.

—Más vale no pensar en lo que ocurrirá luego...

Callaron, y Max se sentó junto a ella sobre las rocas, húmedas y llenas de salitre.

Una nueva idea atravesó el cerebro de Diana, idea que la hacía temblar de indignación.

—¿Cómo has podido abandonar tan cruelmente a tu pobre novia...?

—¿Mi novia? —En aquel momento, Max no recordaba la existencia de la Ballenita—. ¡Ah, sí! ¡Mi novia! Verdaderamente, no creo que se sienta satisfecha de mí.

—¡Seguro que no...!

—¡Buen comienzo de noviazgo! —Max lanzó una risita desagradable.

—¡Tienes una risa argentina! Parece imposible que puedas reírte en este momento.

—¡Así son de incomprensivas las mujeres! ¿Crees que me río? A mí me sonó a rugido.

Con las manos en los bolsillos del pantalón paseó de un lado a otro, como un león enjaulado. Por primera vez en su vida aventurera, se sentía desconcertado e impotente para salir de una situación difícil. ¿Cómo conseguiría no perjudicar a Diana? Solo le quedaba un recurso. Desaparecer. De los dos, sería el sacrificado. Se ahogaría. Estaba decidido.

—¡Ahora o nunca! Adiós, Diana.

—¿Adiós? ¿Adónde vas?

—A ahogarme —explicó sin darle importancia—. Después de mucho pensar, creo que es lo más indicado. Pones un cable al *Bengala* desde la emisora más próxima diciendo que te hallas sana y salva después del trágico accidente que a mí me costó la vida. Explicas que estábamos hablando en cubierta apoyados en la borda, que esta se abrió y que caímos al agua. Yo me ahogaré ahora, para que no todo sea mentira. Así nadie pensará mal. No es fácil calumniar a un cadáver.

¿Te parece buena mi idea?

—¡Magnífica! Adiós, Max.

Detúvose él, mirándola.

—Parece mentira que no tengas una sola palabra de compasión hacia mí. ¡A los veintisiete años, la vida es bella! Sobre todo estando enamorado.

—Demuestras muy mal tu amor a la pobre Ballenita.

—¿La Ballenita? ¡Ojalá me perdone… si puede! No es a ella a quien me refiero.

—¿Ah, no? Olvidaba que eres un reputado tenorio. Sin duda tendrás varios amores.

—Solo uno: tú.

—¿Yo? —Por un momento olvidó dónde se hallaba y su corazón latió más de prisa—. Es una broma idiota.

—¿Broma? Lo más cierto del mundo es que te adoro.

—Sin duda por eso le hacías el amor a Araceli, ¿no?

—Exactamente. Me declaré a la Ballenita por quitársela a Jorge.

—Ese impulso no te honra demasiado.

—Escucha, Diana. —Max la cogió por los hombros y la sacudió ligeramente —. Abandona ese tono que me irrita y óyeme con tranquilidad, aunque me odies tanto. Quité la novia a Jorge creyéndome que te haría sufrir un idilio de ese mamarracho con otra mujer. Por eso lo hice, ¿oyes? ¡Entérate! Me di cuenta de que la chica carecía de sentimentalismos y que por ese lado no habría la menor complicación. Podría deshacer la cosa en cuanto quisiera. Me aceptó por mi parecido con un actor de cine que la entusiasmaba.

Una luz se fue abriendo paso en el ofuscado cerebro de Diana, luz que la deslumbraba haciendo cambiar las cosas... ¡Max la quería! ¡La quería! ¡No había dejado de quererla ni un minuto! ¡Y ella... había estado sufriendo por...! Ante tal panorama de felicidad sonrió en la oscuridad a las estrellas, a los sonidos y hasta al mar en el cual Max quería suicidarse.

Con voz opaca recordó él con amargura:

—Estábamos discutiendo sobre mi suicidio, ¿no?

—No puedo permitir que te dejes ahogar ante mi vista —objetó, tratando de disimular su alegría.

—Si es por eso, me ahogaré un poco más allá. Así no me verás.

—¿Lo dices en serio?

—Completamente en serio. Se me presenta una ocasión de demostrarte todo cuanto te quiero, y no la voy a desperdiciar.

—¿Es verdad que no estabas enamorado de Araceli ni deseabas su dote? —insistió de pronto.

—¿Soy acaso un hombre que se preocupe del dinero? Y además..., si la hubiese querido, ¿estaría aquí en este instante?

Ante respuestas tan convincentes, Diana creyó. Un profundo suspiró se escapó de su pecho. Ahora le diría a Max..., le diría que... Miró hacia arriba, hacia el cielo estrellado y a la vieja luna que los contemplaba, ajena a toda emoción humana. Y la realidad de su situación le impidió hablar sobre el cambio que se operaba en sus sentimientos. Hallábanse solos en la noche, lejos de todo vestigio humano... No... Esperaría al día siguiente. Cuando estuviesen entre la gente, sería el momento de decirle cuánto le amaba. Pero... ¿sería capaz de decírselo y de resistir la mirada de sus ojos ardientes...? En la oscuridad, se ruborizó. Y con voz aparentemente tranquila dijo una frase trivial:

—Te ruego que me perdones. Te acusé injustamente cuando tratabas de hacerme un favor. ¿Verdad que me perdonas?

—¡Por supuesto, Diosa! —Cogió sus manos y las apoyó un instante en su mejilla—. ¡Dios te bendiga! ¿No me odias como asegurabas?

—Claro que no. —Su risa quitó a Max un peso de encima—. Nada de eso. — Pugnaba por decirle que precisamente era todo lo contrario, que ansiaba sentirse entre sus brazos y olvidarse de todo lo desagradable de la vida. Pero calló.

—Entonces... ¿todo sigue como antes?

—Igual. Solo que... estamos en Nuevo Paraíso y el *Bengala,* sin directores, en lugar de una escuela social será un manicomio.

Rio él, avergonzado.

—Hemos obrado a la ligera.

—Tuvo la culpa Jorge.

—¡Maldito sea Jorge! Si me hubieses dejado tirarle al agua como deseaba, no estaríamos aquí en plan de Robinsones.

—Estás empapado. ¿No has traído ropa para cambiarte?

—No.

—¿Viniste a nado?

—Por supuesto.

—¿Qué contiene ese misterioso paquete que llevas bajo el brazo?

—¿Esto? Es mi impermeable, envolviendo los documentos, algo de dinero y un par de zapatos.

—¡Qué poco previsor! ¡Así son todos los hombres! ¡No hay quien les evite un catarro!

—¿Qué puede importarle un catarro a quien hace cinco minutos estaba dispuesto a suicidarse? Por cierto, aún no hemos solucionado eso.

—No seas tonto. Eso no me soluciona nada. Se está levantando un poco de viento. Lo mejor será meternos en este refugio de rocas.

—Amanecerá en seguida. Dentro de... hora y media, probablemente —calculó—. Y pronto estaremos en Nuevo Paraíso, ante una taza de apetitoso café.

Intentaba darle ánimos a pesar de comprender que lo que ocurriese después, cuando «volvieran al mundo», tendría que ser desagradable.

Permanecieron en silencio, sentados sobre la arena seca, con la espalda apoyada en el macizo de rocas. El manto de la noche los envolvía y ambos se enfrascaron en sus pensamientos, contemplando el milagro plateado del mar, que se agitaba ligeramente.

Un rato después, Max sintió sobre su hombro una ligera presión. La cabeza de Diana, vencida por el sueño, reposaba en él. Contemplola sin moverse, por miedo a despertarla. Suavemente pasó el brazo por su espalda, deseando que estuviese más cómoda. Allí la tenía, a su alcance, y saboreaba el mágico hechizo de su proximidad. ¡Cómo cambió su existencia la preciosa personita que se abandonaba a su confianza tan tiernamente! Contempló las estrellas, poniéndolas por testigo de su dicha en aquellos momentos. El día siguiente le traería contrariedades y disgustos casi insuperables, ¡pero no importaba!

Todos los seres gozan en la vida de una hora maravillosa. Y no cabía duda: ¡aquella era la hora maravillosa de Max...!

XVI

❦

LA ISLA DE LOS PÁJAROS

El sol, hiriéndole en los ojos, hízole despertar sobresaltado. Había dormido algunas horas, porque el astro rey estaba ya bastante alto. Desperezose bruscamente, sin tener aún noción de lo que le rodeaba. Su mano tropezó con una roca, y se preguntó qué sería aquel objeto tan áspero y duro. ¿Por qué tenía el cuerpo dolorido y entumecido como si le hubieran dado una paliza...? De una ojeada pudo darse cuenta de la situación. La vivísima luz deslumbrole al principio. ¡Estaba en la playa! El mar azul, quieto como un espejo..., las rocas donde pasaron la noche. Estaba en la isla Nueva Paraíso, con Diana. Ya lo recordaba todo. Pero... ¿dónde estaba Diana?

De un salto se puso de pie y abandonó el pequeño macizo de rocas, angustiándole el pensamiento de que la muchacha se hubiera ahogado voluntariamente. ¿Dónde estaba? Púsose la mano en los ojos, a guisa de visera, y contempló la gran extensión de costa que se extendía ante su vista y en la cual no se veía alma viviente. ¡Santo Dios! ¿Dónde estaba ella?

—¡Diana! —llamó—. ¡Diana!

—¡Aquí! —respondió una voz a su espalda—. Aquí estoy, Max.

Distinguiola muy cerca, a la orilla del agua. Su propio temor le impidió verla. La falda blanca y el jersey azul genciana formaban una precisa mancha de color sobre la arena dorada y el tono cobrizo de las rocas. Indudablemente se hallaba haciendo su *toilette*, porque al aproximarse la vio esconder risueñamente un peine y un espejito de bolsillo. Ella había sido previsora.

Se encontraron sus miradas, y Diana enrojeció, recordando que al despertar se encontró en sus brazos, como dos buenos camaradas que se hubieran perdido en el bosque.

—Buenos días. Veo que has madrugado más que yo. ¿Estás más animada que anoche?

—La situación es idéntica. Pero hay sol. Y él nos ayudará a afrontarlo todo.

—Estoy dispuesto.

—Y yo.

—¿Quieres que echemos a andar, en busca de seres humanos? Ese bosque que limita la playa me hace el efecto de una muralla que apartase de nuestra vista la fortaleza encantada. ¿Vamos en busca del dragón?

—Si me asustas, me quitarás los pocos ánimos que tengo. Confieso que estoy emocionada.

—Consiento que tengas emoción. Pero miedo no, mientras vayas conmigo.

—Miedo al recibimiento que nos haga esa gente un tanto extravagante.

—¿Los dueños de Nuevo Paraíso? Nos acogerán bien. Ya lo verás. ¿Quién podría ponerte a ti mala cara? ¡Vamos, adelante! ¡Ahora o nunca, Diosa!

—¡Ahora o nunca, Max!

Recogió el paquete de su impermeable y empeñose en cargar también con el de Diana. El piraucho y el remo quedaron sobre las rocas, en espera de que fueran a recogerlos. Cruzando la playa, salieron al bosque.

El estrecho sendero cruzaba un pinar, que olía a liquen resina. En cuanto entraron en él, algo les llamó la atención.

—¡Qué cosa tan curiosa! ¿Te has fijado...?

—¿... en la cantidad de pájaros que hay? —Max asintió—. Es extraordinaria la algarabía que arman.

—¡Parece una gigantesca pajarera! ¡Mira!

De un árbol cercano elevose una gran bandada de ellos, que volaron a escasa altura, ebrios de movimiento y de luz.

—¡Qué lindos! ¡No parecen gorriones corrientes! Fíjate. Aquel es un petirrojo. Y aquel otro, un jilguero. Y... escucha... Ese que canta es un ruiseñor.

—¡Mira, mira!

Una numerosa familia de gaviotas que graznaban ruidosamente voló en dirección al mar.

—¡Oh! ¿Y aquello...?

—No distingo bien. Juraría que son... palomas...

—Indudablemente, el señor Andersen es amigo de las aves. ¡Lástima no tener alas, Diana!

—¿Dónde estará la casa? No veo señales de la finca. Desde el barco parecía hallarse en una pequeña altura.

—La veríamos desde una dirección distinta. Seguramente estará más allá. Esto es una hondonada.

El sol calentaba con fuerza, haciendo resaltar la belleza de la exuberante vegetación. Pegados a algunas rocas había mirtos, amapolas gigantescas de un tono coral muy brillante, brezos morados exquisitamente matizados, mimosas color oro que embalsamaban el ambiente. Indudablemente, la isla merecía el nombre de Nuevo Paraíso que su dueño le puso.

Majestuosamente, sobresalía un grupo de palmeras cuajadas de dátiles y las hojas alargadas de un cacto que ponía en el cuadro su nota tropical.

Como buenos deportistas acostumbrados a andar durante largas horas a través de los campos, caminaban con rapidez, contemplándolo todo en silencio, interrumpido apenas por algún nuevo comentario. Diana intentó repetidas veces aliviar a Max de la carga de su paquete, sin que él lo consintiera. Dirigíanse en línea recta hacia el interior.

—¿Qué hora será? —interrogó deteniéndose, un poco fatigada—. Llevamos andando mucho rato.

—¿Estás cansada?

—Este sol de plomo se hace algo molesto.

—Descansa un poco. Creo que en cuanto alcancemos aquella altura distinguiremos el palacio.

—Pues sigamos. Prefiero llegar cuanto antes. ¿Qué historia contaremos?

Miráronse buscando una idea acertada.

—Podemos decir la verdad… a medias. Aquello del accidente fortuito no estaba mal, ¿no te parece? Caímos al agua cuando los demás estaban durmiendo y pudimos llegar a nado a la isla, desde la que deseamos ser trasladados a... No sé adónde.

—A Trípoli. Tenemos que volver al *Bengala*. ¡Por lo menos tú, Max!

—¿Tú no?

—No lo sé aún... Será tan violento para mí... —Pensaba, sin embargo, que algo cambiaría. Cuando le dijera a Max que su amor era correspondido, ¿qué podría oponerse a una boda...? Calló y sus ojos brillaron alegremente—. ¡Ea, sigamos!

—¡Ánimo! Solo faltan unos pasos para llegar a la cumbre.

Cuando coronaron la montaña, tras media hora de fatigosa ascensión, asomáronse a la pequeña meseta, deseosos de contemplar la perspectiva del otro lado. Sufrieron una terrible decepción. Bajo el monte, cortado a pico, no se extendían otros campos ni el blanco palacio que esperaban, sino el mar infinito, al que la deslumbradora luz solar arrancaba incomparables reflejos. La isla, por aquel lado, concluía. Habíanla atravesado de norte a sur sin encontrar alma viviente.

Sorprendidos, se consultaron con ansiedad.

—Indudablemente hemos elegido mal el camino. El palacio debe de estar hacia el este, que es la parte más montañosa. Quizá por eso no lo veamos desde aquí. Lo ocultará una de esas colinas de la derecha. ¡Valor, Diana! —dijo con una sonrisa que quería ser animosa.

Ella se la devolvió con esfuerzo.

—¡Ánimo, Max! Continuemos.

Emprendieron otra vez la marcha en distinta dirección. Procuraban caminar por entre los árboles, bajo la agradable protección de la sombra.

La mañana era maravillosa en su desbordamiento de luz, de perfumes y de colores, pero apenas se daban cuenta de nada, deseando encontrar rastro de seres humanos.

Los pájaros continuaban desgranando sus melodías desde las copas de los árboles, y a veces volaban por encima de sus cabezas, tan cerca que hubieran podido cogerlos con la mano. Habíalos de todas clases y colores. La algarabía de sus trinos hacíase ensordecedora.

Caminaron mucho rato, atravesando siempre a buen paso bosquecillos de cactos o de florecientes adelfas, prados cuajados de flores que acariciaban sus tobillos, y se encontraron de pronto ante el repentino impedimento de un arroyo caudaloso. Max desgajó al pasar una rama de sauce y la hundió en el agua para medir la profundidad. Al inclinarse sobre ella advertíase innecesaria la precaución, porque era tan clara que se distinguían perfectamente en el fondo los guijarros de mil colores y algunos diminutos pececillos que nadaban a poca profundidad.

Bebió en la cuenca de la mano y comprobó con satisfacción que se trataba de agua dulce, que saborearon los dos con verdadero deleite.

—Tendremos que atravesarlo —dijo Max indicando el arroyo.

Y, quitándose los zapatos, la levantó en vilo como si se tratase de una pluma. Con ella y los dos paquetes cruzó el arroyo con el agua hasta media pierna, depositándola sana y salva en la otra orilla.

—Parece un cuento de niños, Max. Conforme vamos avanzando, el camino se alarga y surgen más obstáculos. ¿Faltará mucho?

—No lo sé. Pero cuando te canses me lo dices y te transportaré lo mismo que ahora.

—Gracias. No será necesario —declaró sonrojándose y lamentando en el fondo que el riachuelo hubiera sido tan... estrecho.

Durante otra hora continuaron incansables, atravesando valles y colinas sin detenerse más que una vez. Una de las tiras de las sandalias de Diana se rompió, y Max se la descalzó cuidadosamente y la arregló lo mejor que pudo, machacando con dos piedras el clavito rebelde que pugnaba por soltarse.

Invadíales una enorme inquietud. Por ningún lado se veían vestigios de habitantes. Era increíble que, de vivir alguien allí, no se hubiera preocupado por hacer senderos transitables, bancos rústicos o cualquier otro detalle que indicase la presencia humana.

Sufrieron otro desengaño cuando, tras de atravesar un nuevo bosque de palmeras, encontráronse ante otra playa. Habían procurado caminar en línea recta y por aquel lado se tropezaron también con la costa sin haber hallado a nadie.

Abatidos por la contrariedad, dejáronse caer sobre la arena rojiza. La costa era enormemente abrupta. Grandes rocas elevaban al cielo sus abruptos picos y adelantaban hacia el mar recios promontorios.

Max miró a Diana, y Diana miró a Max.

—Tendremos que volver a desandar lo andado, para mirar por la parte oeste —dijo él a media voz.

Ella no contestó. Sentíase demasiado fatigada para hablar. Se despojó de las sandalias y hundió sus doloridos pies en el agua del mar, experimentando una agradable sensación.

—Creo que debemos continuar la marcha sin detenernos —dijo valerosamente—. Si nos dejamos dominar ahora por la fatiga, luego nos costará trabajo volver a «arrancar».

—¿Te sientes con fuerzas? ¡Eres maravillosa...! Vamos, pues, pero apóyate en mi brazo.

Mucho más tarde hallábanse cara al mar ante la última parte de la costa que les quedara por explorar. Guardaban silencio, un silencio impregnado de emoción, y rehuían mirarse, temiendo leer en los ojos del otro lo que tanto los asustaba.

—Max...

Volvió la cara y apenose de verla tan extenuada. Llevaban siete horas de penosa marcha bajo un sol implacable y sin lanzar una sola queja. Max sentía deseos de arrodillarse y besar aquellos pies tan lastimados, y también sus ojos, llenos de angustia.

—Max —repitió Diana—. ¡Dilo ya...!

Sobresaltose él.

—¿Qué? ¿Qué es lo que quieres que diga?

Diana señaló con la mano la inmensidad azul y plata que los rodeaba y explicó:

—Lo... que los dos sabemos... Que... ¡esto no es Nuevo Paraíso...!

Max calló un minuto y luego aclaró su garganta, sintiéndose torpe. Sin mirarla, asintió roncamente:

—Sí, Diana. Tenemos que ser valientes. Creo que... nos hemos equivocado. ¡Esta isla está completamente deshabitada...!

XVII

HISTORIA DE DOS ROBINSONES

—¿Has comido bien?

Diana asintió con la cabeza y lanzó un suspiro satisfecho.

—Debemos haber devorado todos los dátiles de diez palmeras. Nunca creí que pudieran ser tan buenos.

Estaban sentados sobre la hierba, al lado del arroyo de agua dulce. El sol comenzaba a declinar tras las montañas y la tierra exhalaba un olor acre, que se mezclaba con el aroma de las mimosas.

Hubo un silencio, y Diana agregó:

—No me creas una cobarde. Quiero que me digas cómo ves la situación.

Max, con el cuello de la camisa desabrochado, dejando ver el principio del cuello, moreno y robusto, el oscuro cabello revuelto, tras de su hazaña al trepar a lo alto de una palmera en busca del codiciado fruto, semejaba el joven dios de una isla pagana. La miró y apretó su mano.

—Como habrás comprendido, la aventura se ha convertido en drama. Parece imposible que estas cosas puedan ocurrir así, sencillamente, y sin embargo, por absurdo que parezca, han ocurrido. Ayer, a estas horas, explicábamos a nuestros discípulos montones de tonterías. Todo lo que nos rodeaba era normal. Y, en cambio, hoy ha ocurrido lo más extravagante.

—¿Cuánto tiempo crees que estaremos así? —Intentaba que su voz sonase firme, sin conseguirlo.

—No sé. No será mucho. Pasan barcos constantemente por estas costas. Durante el día procuraremos estar por las playas, por si nos ve alguien. Habrá que hacer señales. Pero no sé cómo. También cabe en lo posible que tu tía, a pesar de tu carta, haga volver el *Bengala* e ir investigando y telegrafiando en todas las costas.

—Si tardan mucho, nos moriremos...

Hacía esfuerzos para no llorar. Max adivinaba su angustia en el temblor de los labios, que tanto deseaba besar.

—¡Morir! ¡De ningún modo! ¿Crees que voy a consentir que te mueras? Hay agua potable, dátiles, chumberas, y en último caso... ¡pajaritos...!

—¡Oh, Max! ¿Qué hubiera sido de mí sin ti...? Me habría dejado morir de desesperación y de terror...

—No te hubiese dado tiempo. En cuanto hubiera visto que no estabas a bordo, habría registrado el globo terráqueo palmo a palmo, mandando incluso secar el mar.

Su tono risueño la hizo sonreír sin ganas. Admiraba su fortaleza. De buena gana le habría dicho en aquel momento lo mucho que le amaba. Pero no podía. Era una locura. Max, al fin y al cabo, la amaba apasionadamente. Y se hallaban solos... Dios sabía por cuánto tiempo.

—¿Qué haríamos —dijo de repente— si tuviésemos que pasar veinte o treinta años aquí?

Sus mejillas estaban pálidas y tenía los ojos agranda-dos por el temor.

Max, con un esfuerzo de voluntad, continuó bromeando:

—¡Nos vestiríamos de plumas de pájaro y aprenderíamos a aderezar los dátiles de cien maneras distintas! Yo llevaría largas melenas negras y tú largas melenas rubias. Además, nos casaríamos...

—¿Casarnos? ¿Estás loco?

—¿Serías capaz de pasarte veinte años dándome calabazas?

—¿Cómo íbamos a casarnos sin sacerdote?

—En algún libro he leído que las parejas que se encuentran aisladas del mundo se ponen de rodillas ante el Sumo Hacedor jurando que se aceptan el uno al otro por esposos y que en caso de que pudieran reintegrarse a la sociedad ratificarían su juramento ante un altar.

—Eso lo habrás leído en alguna novela de Salgari, ¿no?

—Quizá sí —dijo sonriendo.

Rio ella también, pero bruscamente pasó de la risa al llanto. Cubriose el rostro con las manos y sollozó, sin que Max supiera qué hacer.

—¡Diana! ¿Qué es eso? ¡Tan valiente como fuiste todo el día!

—Es una situación tan horrible... —dijo entrecortadamente—. Ahora que..., ahora que...

Iba a decir: «Ahora que podíamos ser felices», pero se contuvo, y Max no supo todavía que poseía su corazón.

—No te aflijas, princesita. No llores. No puedo verte llorar. —Él mismo tenía un nudo en la garganta—. Ya verás como mañana o pasado aparecerá nuestro *Bengala* con su cargamento de nuevos ricos y tía Marieta subida en el palo mayor, mirando la costa con un catalejo. ¡No llores, tesoro mío! ¡Juro que te sacaré de aquí! Confía en mí que tanto te quiero. ¿Me oyes? Te sacaré de aquí, sea como sea.

Diana alzó los llorosos ojos y con irresistible impulso tendió los brazos a Max, buscando el refugio de su pecho. Max la acogió en los suyos con la misma ternura con que hubiera recogido a un niño asustado. Conteniendo los latidos de su corazón y el deseo de llenar de caricias aquel rostro, pasó suavemente la mano por el dorado cabello. Todos sus nobles sentimientos revivieron más fuerte que nunca. Mientras estuviesen lejos del mundo, Diana estaría bajo su protección, confiada a su caballerosidad, como pudiera estarlo una hermanita menor.

—No llores, amor, no llores. ¡Necio de mí! Te digo que no llores, y es natural que lo hagas. Al fin y al cabo, solo eres una niña. Aunque hayas sido una nena muy valiente. Llora lo que quieras, Diana, amor mío, pero ten la seguridad de que saldremos pronto de esta isla. Te lo promete M. R. Y así, durante mucho rato, Max arrulló a la mujer a quien amaba apasionadamente.

XVIII

TÍO BENJAMÍN ENTRA EN ESCENA

—¡Este sobrino mío está tan loco como lo estuvo su pobre padre! ¡Ruibarbo!

Don Benjamín Reinal lanzó su interjección favorita y se pasó la mano por la sonrosada y brillante calva. Mucha gente había encontrado en aquella cabeza pelada como la de un bebé una exacta semejanza con las bolas de billar. El símil carecía de originalidad, pero Max, siempre que se enfrentaba con su tío, tenía que recordar por fuerza las mesas largas forradas de bayeta verde y el ruidito agradable de las bolas al chocar. Debajo de aquella calva aparecía una frente más grande que chica y unos ojos pequeñísimos y vivos bajo las pobladas cejas blancas. El resto de la cara era tan sonrosado como la calva, y carecía de barba y de bigote.

Don Benjamín, después de desahogar su mal humor dando un violento puñetazo que hizo tintinear todos los objetos de cristal sobre su mesa de despacho —tintero, pisapapeles, bandejita para las plumas, pantalla de porcelana gris, etc.—, cogió una carta y por segunda vez la leyó.

Era de su sobrino y estaba fechada tiempo atrás. Pero don Benjamín había estado fuera muchas semanas inspeccionando sus fábricas de cigarrillos, que lanzaban al mercado el tabaco más fino del mundo, y hasta aquel instante no se pudo enterar de la nueva originalidad del irritante Max.

—Una «Escuela para nuevos ricos», ¿eh...? ¡Ruibarbo! No tiene dos pulgadas de sentido común. ¡El grandísimo loco! ¡Qué modo de tirar el dinero...! Sin duda ha creído ese monigote que va a poder más que yo... Pero está equivocado. Max ha de dirigir las fábricas de cigarrillos *Benjamín,* o dejo de llamarme como me llamo. Y ha de convertirse en un hombre formal, o prendo fuego a mis depósitos de tabaco. ¡Ruibarbo! Por lo pronto, le escarmentaré. ¡Vaya si le escarmentaré...!

Don Benjamín, con las manos en la espalda, dio un par de vueltas por su elegantísimo despacho. Aquel lujo se lo había procurado a fuerza de trabajo, de un trabajo asiduo que ocupó su vida entera y del que no se arrepentía. Y él, que estaba acostumbrado a tratar, a dominar, y a corregir también, a cientos de obreros de sus numerosas fábricas, resultaba impotente para enderezar a su sobrino.

—¡Ah, bribón...! Esto no quedará así. Si no le quisiera tanto como quería al pillo de su padre, ya le habría mandado a paseo hace tiempo. ¡Lástima de inteligencia mal aprovechada! Con lo que vale, podría llegar muy alto... Sería mi sucesor... Pero carece de seriedad. Y de responsabilidad.

De nuevo se pasó la mano por la calva.

—¡Una escuela social! Él sí que necesitaría ir a la escuela... para aprender a ser formal.

Lleno de santa indignación, continuó paseando, enfrascado en sus pensamientos. De pronto, atacado por una idea repentina, se sentó ante la mesa y habló por el transmisor de teléfono con la otra oficina.

—Oliveira, entérese de cuándo sale un avión de viajeros para Europa. Arrégleme las cosas, combine los medios más rápidos de transporte para que dentro de diez días esté en... —recorrió con la vista el itinerario que Max le enviaba en su carta, y su dedo se detuvo ante la frase: «20 de junio, Trípoli (África)»— en Trípoli. Sí. Lo dejo de su cuenta. Cuídese de todos los detalles.

Esperó oír el tranquilizador comentario de: «Está bien, señor Reinal. Se hará como desea», con que su secretario —que jamás se sorprendía por nada— le respondía, y se dejó caer en un confortable sillón. Volvió a pasarse la mano por la calva, encendió un magnífico puro y cerró los ojos.

XIX

TÍA MARIETA AGOTA SUS LÁGRIMAS

Doña Marieta elevó los brazos al cielo, poniéndole por testigo de sus desdichas, y se dejó caer de golpe sobre un sofá, cuyos muelles crujieron lastimosamente. De no llevar la cabeza cubierta de horquillas rizadoras, hubiera parecido una gran trágica. Profundas ojeras atestiguaban las dos noches que llevaba sin dormir, y sus nerviosas manos estrujaban y estiraban alternativamente el pañuelito de batista, empapado de lágrimas. ¡Era demasiado! Bien estaba que Diana hubiera revolucionado su vida desde que llegara a Nápoles; bien estaba que Max la hubiera engatusado haciéndole dejar su cómodo pisito y sus leales amigos para emprender el viaje y ganar dinero como profesora de música y de canto; pero que le hiciesen aquella terrible jugarreta, eso ¡no podía perdonarse!

—No sé qué hacer, *caro amico*, no sé qué hacer.

Contempló a Leo, que de pie ante ella se rascaba la barbilla con aire abatido. Había olvidado la antigua animosidad que sentía por el muchacho y ahora le contemplaba como a su único protector.

Leo resopló con fuerza, echando hacia atrás el mechón de cabellos rebeldes que se deslizaba hacia su frente. Le estaba haciendo falta un buen trago para despejar sus ideas. Llevaba media hora contemplando a la desdichada anciana, que se debatía entre lamentos y lágrimas... Claro que no solo llevaba media hora. Esto venía ocurriendo desde dos días antes..., cuando sucedió la catástrofe. Por mucho que viviera, no olvidaría los ojos espantados, la cabeza llena de papillotes y el flotante quimono con que la tía de Diana hizo irrupción en su camarote agitando en la mano un pliego arrugado y diciéndole con acento trastornado:

—¡Se ha ido! ¡Se ha ido!

Cinco minutos tardó en averiguar que quien se había marchado era Diana. La cosa le pareció tan inaudita, que tardó otros cinco minutos en convencerse de que era cierto. En compañía de doña Marieta buscaron a Max por todo el barco. Y hasta media hora después no descubrieron ambos la carta de este despidiéndose de Leo. Después la buena señora sufrió un desmayo y Leo se mesó los cabellos y se bebió sin respirar media botella de ginebra. De aquello ya hacía dos días.

—¿Qué haremos? —volvió a preguntarle al no obtener respuesta.

Se hallaban en el saloncillo que antes sirvió de camarote a su sobrina, lugar que habían elegido para sostener una conversación sin ser interrumpidos.

—Lo que se me ocurre a mí y lo que se le ocurre a usted se pone junto y podría taparse con un sello de correos.

—¡Oh! *Per la Santa Madonna*! ¿Es posible que no tenga usted ni una sola idea?

—Mi cabeza está tan vacía como el estómago de un camello después de un largo viaje.

—¡Y yo que confiaba en usted...!

A Leo desagradábale defraudar a las mujeres, aunque estas tuviesen más de sesenta años. Dejó de rascarse la barbilla para rascarse la cabeza.

—Pienso que podíamos desembarcar también nosotros dos, fugándonos a nado.

—¿Está usted loco...?

—Pero...

—¡Yo no sé nadar...! Además, ¿qué diría toda esa gente? Iríamos a la cárcel por estafadores. Han pagado una fabulosa cantidad de dinero por hacer este endiablado «curso social» que Max inventó. El curso acaba de empezar hace una semana y durará dos meses. Tendrán que estar a bordo hasta entonces.

—¡Que se las arreglen como puedan! ¿Qué vamos a hacer usted y yo con ellos?

—Max le pide en la carta que continúe usted al frente de esto hasta el fin del curso —sugirió tímidamente la señora.

—¡Al diablo con esos locos! ¿A quién se le ocurre fugarse de esta manera tan imprevista?

Doña Marieta vertió un nuevo raudal de lágrimas.

—¡Calle, calle, por favor! ¿Quién lo iba a pensar de una muchacha tan sensata como Diana? Estoy segura de que Max se la llevó con amenazas. Ella, por su propia voluntad, no hubiera puesto su buen nombre en entredicho. ¡Qué escándalo, *Santo Francesco*! ¡Qué escándalo! Siempre pensé que Max era demasiado atractivo. La habrá hipnotizado, como hacen los gavilanes con los corderos. *Povera mia!*

—No llore más, que ya lo ha hecho a conciencia —atajó Leo viendo que de nuevo abría el inagotable grifo del llanto—. Hay que ser fuertes y decidir algo. Tendremos que decir alguna cosa a toda esa caterva de idiotas. Llevamos dos días asegurando que Diana está en cama con un fuerte enfriamiento, y Max en la suya con un amago de apendicitis. En el primer momento lo creyeron a medias. Pero al cabo de dos días el ambiente se ha enrarecido, y se hacen corrillos, rápidamente disueltos en cuanto aparecemos usted o yo. La Ballenita me ha dado ya dieciséis cartitas para que se las transmita a Max y espera contestación. La princesa Nipoulos espía a la puerta del camarote de Diana y no sale en todo el día de ese pasillo. Yo no sé si se habrán dado cuenta de que hemos cambiado de rumbo dos veces y de que nos pasamos el día en la cabina del radiotelegrafista enviando mensajes a todos los puntos de la costa. Lo que sí puedo asegurar es que es imposible seguir sosteniendo esta situación.

—¡Qué vergüenza cuando se enteren!

—No comprendo el motivo de esta fuga.

—Yo tampoco —convino doña Marieta, a quien la palabra «fuga» le dolía como una puñalada en pleno corazón—. El dinero lo han dejado aquí, las cuentas que Max le ha hecho a usted son exactas…

—Naturalmente. Mi amigo es un caballero, aunque sea un trasto. Solo se trata de una fuga amorosa.

—¿Y quién les impedía que se amasen, *mio figlio*? ¿Acaso yo podía impedirlo? Los dos eran solteros, mayores de edad…, libres de todo compromiso… Por lo visto, la amistad de Diana con el príncipe Nipoulos no pasaba de ser eso: simple amistad... ¿Por qué no han aguardado a llegar a puerto para casarse como Dios manda?

—No tiene explicación posible, doña Marieta.

—¿Hay respuesta a los radios que pusimos anoche a varios puntos de la costa?

—Ninguna de interés. No ha desembarcado ninguna pareja de jóvenes ni de viejos.

—¿Se habrán ahogado esos desgraciados?

Volvió a elevar los brazos al cielo.

—¿Por qué dejaría yo mi pisito y mi vida apacible de Nápoles...? ¿Por qué...?

Leo la interrumpió:

—Mire, doña Marieta. Creo que le convendría también echar un trago.

—¿Un trago yo? —se horrorizó.

—Le prepararé un cóctel que le hará olvidar los sinsabores. Es lo único que vale la pena en este mundo.

—¿Está loco?

—¿No le gusta beber?

—Solo anís, y para eso muy dulce —objetó con dignidad—. Pues donde haya un verdadero coñac...

—¿Va a comparar esa medicina asquerosa con un anís bien preparado?

—¡Bah! Usted dice eso porque no ha tomado el coñac mezclado con unas gotitas de vermut, otras gotitas de limón, tres gotas amargas, dos cucharadas de azúcar, hielo y...

—Es inútil. No ha de convencerme. El anís, vertido en el café, es el mejor cóctel que pueda inventar.

—Le advierto que el café va mejor con coñac...

—Una opinión suya; yo, en Nápoles...

—Mire. Déjese de potingues. El alcohol, cuanto más puro se beba, mejor sienta. Yo jamás le echo agua al *whisky*. Es estropearlo.

—Usted es un perfecto borracho.

—¡Qué más quisiera yo que ser perfecto! No. Aún no he llegado a tanto, pero me perfeccionaré. Vamos, ¿le preparo lo del trago...?

Unos discretos golpecitos dados en la puerta interrumpieron el diálogo, que empezaba a convertirse en discusión. Doña Marieta, abstemia como buena cantante, despreciaba al alcoholizado Leo.

—¿Quién es? Adelante.

Tratábase de un marinero, portador de un papelito azul que indudablemente era un radiograma. Leo se lo arrebató con impaciencia y cerró la puerta tras de sí.

—¡A ver! ¡A ver! ¡Ábralo! Sin duda será de Max... ¡Oh San Antonio! Haz que sea de Max.

—No es de Max —dijo Leo echándole un jarro de agua fría.

—¿Cómo lo sabe si aún no lo ha abierto...?

—No puede ser de Max porque viene a nombre de Max. ¡Oh!

—¿Qué es? Lea, Leo... Digo Leo, lea.

El muchacho leyó en alta voz:

«Max Reinal. A bordo del vapor *Bengala*. —Llevo cuarenta y ocho horas esperando en Trípoli llegada del barco. ¿Qué ocurre? Indignado. — *Tío Benjamín*».

Doña Marieta lanzó un quejido y volvió a dejarse caer sobre el sofá, que esta vez no crujió, sin duda acostumbrado ya a aquellos procedimientos. La anciana no sabía si llorar o si alegrarse de la nueva complicación. ¡El tío de Max! ¡El verdadero dueño del barco y de aquella escuela que se iba convirtiendo en manicomio! ¿Cómo le explicaría que su sobrino y su sobrina —la de ella— habíanse esfumado repentinamente...? Quizá pensase en un asesinato..., en una estafa... o sabe Dios en qué...

Leo acogió la noticia con satisfacción.

—No se apure, doña Marieta. Al fin y al cabo, nosotros no tenemos la culpa. Le diremos la verdad y que él decida lo que puede hacerse con esa gente. Tendrá que encargarse de todo y nuestra responsabilidad desaparecerá en el acto. ¿No comprende que don Benjamín pondrá término a nuestra pesadilla?

—Temo que sea una complicación más, en lugar de un alivio —insinuó la dama, pesimista.

—¡Pues yo estoy contento! —Hizo chasquear los dedos y golpeó el suelo con unos pasos de baile—. Daré orden de poner rumbo a Trípoli, a toda marcha. Y después la esperaré en el bar. O si lo prefiere le traeré aquí una bebida.

—¡He dicho que no quiero nada...!

—Bueno. Le traeré un jarro de anís. Hasta ahora. Sea buena niña, ¿eh?

Le guiñó un ojo y desapareció dando un buen portazo.

Doña Marieta recogió el papel azul que contenía el mensaje de tío Benjamín y lo volvió a leer. Después llevó el pañuelito a sus ojos, dispuesta a verter un nuevo raudal de lágrimas, que por aquella vez resistiéronse a salir. ¡Sin duda se habían agotado!

Dando un suspiro, empezó a quitarse las horquillas rizadoras, a falta de cosa mejor.

XX

AVENTURAS DE LOS NÁUFRAGOS

—¡No vuelvas a hacer eso!, ¿me oyes? ¡Nunca más!

Con toda energía, Max arrancó de las manos de Diana un montón de ropa mojada y la arrojó sobre la hierba.

—¿Crees que puedo consentir que estropees tus preciosas manos en lavar la ropa de un bruto como yo?

—Pero, Max. ¿Acaso importa ahora conservar brillantes las uñas?

—¡Insisto en que no lo vuelvas a hacer! Como aproveches mis ausencias para desobedecerme, me veré obligado a dejarte atada a un árbol.

Rio Diana y se defendió:

—Habías lavado muy mal tu camisa. Estaba más sucia que antes de meterla en el agua. Además... ¡si vieras qué largo se me hace el tiempo cuando no estás a mi lado!

Max se pasó la mano por el revuelto cabello y dejó ver, en una sonrisa, la doble hilera de sus dientes, sanos y blancos, contrastando con el rostro curtido por el sol.

—¡Mil gracias, Diana! ¿Debo tomarlo como un cumplido? ¿O es que pasas miedo cuando yo me alejo?

—Me impone la soledad. Temo que no vayas a volver nunca.

—Sigue, sigue...

—¿Cómo?

—Digo que sigas «haciéndome el amor». Te aseguro que no me disgusta.

—No te burles. Estoy desesperada. ¿Te das cuenta de que llevamos tres días en esta horrible situación, sin señales de que pueda cambiar?

Max suspiró y, recostándose en el tronco de un árbol, dejó perder su mirada en la línea lejana del horizonte. Evitaba mirar a Diana, porque le producía un dolor insoportable el ver su demacrado rostro. Parecía imposible que en solo tres días se hubiese desmejorado tanto. Claro que el menú de dátiles a todas horas o de higos chumbos comenzaba a asquearles. Quedaba el recurso de comer pájaros. Pero... ¿crudos...? ¡Horror! Aquellas situaciones solo eran soportables en las novelas. Invariablemente, sus protagonistas, apenas llegaban a una isla desierta, frotaban una piedra contra otra y en el acto, con la rapidez de un encendedor automático, surgía una hermosa llama, que en seguida prendía en el haz de ramas secas preparado para el caso. Con el caparazón de una tortuga olvidado en la playa por su dueña en un imperdonable descuido se formaba un recipiente para guisar, y una vez convenientemente colocado sobre el fuego, se depositaba en el interior el magnífico besugo recién pescado con una caña hecha de una rama, una liga y un gusano.

Pero eso solo ocurría en las novelas. Él considerábase una calamidad porque por más que frotaba piedras no conseguía que produjesen la menor chispa; ni encontraba caparazones de tortuga, ni conseguía el menor triunfo como pescador. Tan solo una vez pudo coger entre las rocas un gigantesco cangrejo que llevó triunfalmente a su compañera. Diana había mirado al cangrejo, luego a Max, después al cangrejo, preguntándole con sonrisa dulcísima si tenía la pretensión de que se lo comiera crudo. Ante aquella perspectiva, ambos renunciaron de común acuerdo.

Ella enflaquecía, y Max se preguntaba con angustia qué pasaría si la situación se prolongaba durante meses.

—Tengamos paciencia —dijo con fingida animación—. ¿Sabes lo que he pensado? Debemos cambiar de alojamiento.

—¿Le llamas alojamiento a la sombra de esta palmera?

—De algún modo hay que llamarle. Abandonaremos esta confortable habitación del Hotel Palmera y marcharemos a visitar con detenimiento los alrededores. ¿Qué te parece...?

—Que nos sabemos de memoria todos los alrededores. ¿O es que tienes otra idea?

—Si a esto se le puede llamar idea... ¿Recuerdas aquel acantilado tan enorme que hay en línea recta desde el arroyo a la playa, por la parte este?

—Lo recuerdo.

—Pretendo subir a lo más alto de aquellas rocas. Desde allí se tiene que ver la isla entera y mucho más allá. Pondremos una señal, por si pasan barcos. Es la primordial obligación de los náufragos.

—Nosotros no somos náufragos.

—¿Prefieres que nos denominemos «excursionistas chasqueados»...? Bueno. Di qué te parece mi proyecto.

—Irrealizable. No consiento que subas a esa altura, por aquellas rocas tan abruptas. Te expondrías a morir estrellado y a dejarme sola en el mundo.

Perdió Max su aire indiferente, que tanto trabajo le costaba adoptar, y corrió a sentarse a su lado, cogiendo las manos de ella entre las suyas, morenas y estropeadas por sus ascensiones a las palmeras.

—Me hace feliz ser indispensable. ¿Sabes que te quiero ahora más que nunca? ¿Sabes que...?

Se contuvo con visible esfuerzo.

—Diana... Te autorizo para que cuando intente hablarte de amor me pegues un buen cachete.

—¿Por qué me autorizas para cometer ese acto de crueldad?

—Te quiero tanto, que me temo a mí mismo. Temo a mi pasión desbordada. Sé dura conmigo, por favor, y sobre todo... no me digas cosas bonitas. Llámame siempre necio e idiota y dime a cada momento que me aborreces y que soy el último hombre del mundo para ti... Es como... las duchas de agua fría para los locos, ¿comprendes?

Diana miró su rostro, transformado por la pasión, y desvió los ojos hacia otro lado.

—Está bien —bromeó—. Jamás hablaremos de... asuntos sentimentales. Somos dos buenos camaradas. En la Isla de los Pájaros queda terminantemente prohibido cualquier flirteo. ¿Te gusta así...?

—Gustarme, no me gusta nada, Diosa... Temo faltar a ese decreto tantas veces como hable...

—Habrá que inventar entonces un código penal para castigar las faltas cometidas. A lo mejor, nuestra isla va a resultar una obra de arte, en el sentido de las leyes perfectas. Bueno. Ahora voy a pedirte un favor. O mejor dicho, para hablar con rudeza, voy a exigirte una cosa: quiero subir al acantilado contigo.

—¿Subir a las rocas? ¡De ningún modo! ¡Es una locura! No podrías aunque quisieras.

—¿Ignoras que he hecho alpinismo por afición? Podría subir hasta el pico más alto con la misma ligereza que tú. Es mi ultimátum. O subimos juntos, o no subimos ninguno.

Max se cruzó de brazos y la miró sonriendo.

—¿Quién es el rey de la isla, tú o yo?

—¿Por qué no los dos? Tú eres el rey..., pero yo soy la reina.

—¡Malo, malo...! ¡Suena a flirteo!

—No puedo evitar que seas malpensado. Decídete: ¿subimos o no subimos...?

Vaciló él un momento.

—¡Sea! —dijo por fin—. ¡Imposible negarte nada, reinecita!

—¡Silencio! Te pones tierno. ¿Cuándo quieres que vayamos hacia allá?

Max miró el cielo con aire intranquilo.

—Parece como si fuera a llover. Quizá sean unos nubarrones. ¿Te atreverías ahora?

—¿Por qué no? En el Hotel Palmera, los minutos transcurren con una lentitud fastidiosa. Además, no creo que me espere nadie para el *five o'clock tea*.

De un salto se puso en pie, reunió sus bártulos y Max hizo lo propio, agarrando el impresentable revoltijo de ropa mojada. Inmediatamente echaron a andar, encontrándose al poco rato en la otra playa de arena rojiza que encerraba el enorme macizo de rocas.

Con el cinturón de Diana consiguió Max colocarse el paquete en la espalda, dejando las manos libres para poder trepar. Antes de decidirse, volviose hacia ella.

—¿Insistes en subir? ¿No sería mejor que te quedases esperándome?

—Insisto.

—¿Estás segura de no cansarte y de no sentir vértigo? Habrá que subir a pulso algunas veces.

—Donde vayas tú iré yo —repuso colocando su mano entre las de él.

No podía Max comprender todo el significado de aquel gesto ni sospechar siquiera que Diana no hubiera podido soportar el espectáculo de saberle en peligro por aquellas piedras erizadas de dificultades. Pero aun sin comprenderlo, su corazón brincó de gozo y se llevó aquellas manos a los labios.

—¡Dios te bendiga! ¡Ojalá pudiera oírte decir lo mismo toda la vida...!

Subió resueltamente a la primera roca y se volvió para prestarle ayuda. Rápidamente al principio y más lentamente a medida que el terreno se hacía más escurridizo y abrupto, comenzaron a escalar piedra tras piedra, sin prestar atención a la salpicadura de las olas, que al estrellarse en el acantilado lanzaban hacia el cielo nubes de espuma pulverizada.

—¿Te cansas?

—Nada de eso —declaró sofocada por el esfuerzo.

—¡Bravo! ¡Buena chica...!

Sobre sus cabezas planeaban en gozoso vuelo bandadas de gaviotas, dueñas y señoras de los tres elementos: el aire, el mar y la tierra. Diana las miró, preguntándose por qué los seres humanos pretendían ser los reyes de la Creación. ¡Qué ridícula vanidad! Los graznidos alegres de las aves, subiendo en un vuelo al pico más alto del acantilado, se lo probaban en aquel instante. ¡Cielos, qué duras y rectas eran aquellas piedras! Las manos le escocían y tenía ya varias desolladuras.

—¡Ah!

Max se volvió alarmado.

—¿Qué ocurre?

—Nada. Un cangrejo que me asustó.

—Así son las mujeres. No te asustas de subir por aquí, y tiemblas ante un cangrejo. Mira bien dónde pones los pies; evita las piedras demasiado planas, que son escurridizas. Ten cuidado, por lo que más quieras. ¿Qué es lo que más quieres, Diana?

A punto estuvo de decirle que a él. Pero se figuró a Max cayendo al precipicio por culpa de la sorpresa. Sonrió en silencio y apartó de su frente un mechón de cabellos que el viento agitaba. Se había levantado un aire terrible.

—Lo que más quiero en este momento es un buen ascensor —bromeó.

—¿Cansadita ya?

—Me quedan alientos para dos rocas más.

—Espera que te dé la mano. Siéntate ahora. No mires hacia abajo, sino hacia el frente. Así: magnífico. Eres una deportista de cuerpo entero.

—Aún puedo seguir un poco...

—No seas rebelde. Siéntate.

—¿Tú no te sientas?

—Voy a explorar para ver por dónde es más fácil subir. Por este lado parece imposible.

Ella se puso en pie de un salto.

—¡Yo iré contigo!

—¿Esas tenemos, desobediente? Como sigas así, no querré abandonar la isla jamás. En sociedad eras una Diana fría e inasequible para mí, y aquí te has convertido en mi sombra. Reconoce que no puedes vivir sin mí.

—Lo reconozco de buen grado —dijo con una sinceridad que él estaba lejos de suponer.

La miró a los ojos y dijo:

—Repítelo.

—No puedo vivir sin ti...

—Ya sé que lo dices en broma. Pero... ¡cállate! No vuelvas a repetirlo, ¿eh?

—Me parece que estás un poco loco.

—Estoy loco del todo, Diana. Bueno, ven conmigo.

Diez minutos después, cuando se hallaban a considerable altura en una pequeñísima plataforma rocosa, cayeron las primeras gotas de lluvia, seguidas de un violento chaparrón que les azotaba el rostro, impidiéndoles continuar. Bajo sus pies, el mar adquiría un feo color plomizo y las olas batían furiosamente toda la costa, inundando y cubriendo las rocas que un momento antes pisaron.

—Es una tormenta de verano. Pronto pasará —aseguró Max a gritos para hacerse oír. ¿Tienes miedo?

—Un poco solamente —respondió acercándose y pasando la mano bajo su brazo—. Somos bastante desdichados...

—Alguna vez llegarán las cosas buenas. ¿Por qué vamos a tener siempre mala suerte?

—Eso digo yo. ¿Por qué...?

—En seguida saldrá el sol y todo parecerá más bonito que antes. Igual nos ocurrirá a nosotros cuando volvamos al mundo. Jamás protestaremos si alguna vez la comida sale un poco estropeada o si no funciona el ascensor. ¡Caramba! ¿Qué opinas de este relámpago?

—Que... que... no está... mal...

—Bueno. Ya pasó. No hay que asustarse. Recuerda con cuánto entusiasmo leíamos en las novelas escenas parecidas a esta. ¿No deseábamos todos de pequeños que nos sucedieran aventuras? Pues no nos podemos quejar. ¿Te gusta este trueno? Tampoco ha estado mal ese rayo. No digas que te asustas. Es precioso.

—Demasiado..., ¿no...?

—Recuerdo una tormenta que presencié en Groenlandia. ¿Qué? ¿No crees que estuve allí? Pues pasé dos años entre nieves y esquimales. Fue a raíz de mi primer enfado con tío Benjamín. Las tormentas de nieve son espantosas... Mira, mira aquella ola qué cosa más enorme. Bueno. ¿Qué decía yo? ¡Ah, sí! Hablaba de las tormentas de nieve. Pero mejor será no hablar de tormentas. Hablaremos de... música. ¿Te gusta la ópera, Diana...?

—No se parece en nada a este estruendo...

—¡Bah! No pienses en ello. Apóyate en mí y cierra los ojos. No estamos pasando un momento agradable, pero podría ser peor. Recuerdo el verano que pasé en Ifni, con un militar amigo mío. Hacía un calor de infierno. En cambio, este airecillo es sanísimo...

—¿Le llamas airecillo a este ciclón...?

—Agárrate bien fuerte. No creas que vamos a volar. Sería demasiada suerte encontrarnos de repente arriba, en la cima.

—O abajo, en el precipicio.

—¡Siempre pesimista! Te voy a reñir, Diosa.

—Es lo único que me faltaba...

—Bueno. No te reñiré. Ya amaina algo.

Suspiró Diana ansiosamente.

—¿Será posible...?

—Pues claro.

—Parecía que iba a durar toda la vida.

Con la manga secáronse las gotas de agua que les resbalaban por el rostro. Tenían la ropa completamente empapada y pegada al cuerpo, pero ya un rayo de sol intentaba filtrarse a través de una nube.

—Nuestro amigo el sol lo secará todo en diez minutos. Contempla ese maravilloso arco iris; vale la pena.

Con la respiración en suspenso, contemplaron aquella triunfante apoteosis de color. Las gaviotas volaban otra vez, lanzando sus eternos chillidos. El sol, en un llamear glorioso, hacía refulgir los cien mil diamantes del mar. Todo volvía a quedar como si nada hubiese ocurrido ni fenómeno alguno hubiera alterado la tranquilidad de aquella naturaleza esplendorosa.

—Ya pasó. Sinceramente..., ¿tuviste miedo?

—¿Miedo? ¡Terror! —confesó sentándose en el suelo, con los nervios relajados después de la fuerte tensión padecida.

Max encontró aún fuerzas para reír, y Diana, al fin, le hizo eco.

—Yo tampoco me he divertido, aunque sería más gallardo decir que estaba sereno como el pirata Barbarroja desafiando el temporal.

—¿Cuándo seguimos? —preguntó ella valientemente.

—Te daré dos segundos de descanso, para que no digas que hago las cosas con precipitación. ¿Dispuesta?

—¡Adelante!

Otra vez a subir, a saltar de piedra en piedra, rehuyendo las rocas cubiertas de hierba resbaladiza. Varias veces tuvieron que detenerse. Diana tenía sangre en una mano y Max se la vendó cuidadosamente con un pañuelo. Él también tenía las suyas rojas e hinchadas por el esfuerzo. Aterrábales el pensar que sería preciso descender después.

Solo faltaban unos metros para coronar la meseta, y aquellos últimos instantes les parecieron más largos que todo el resto. Max tuvo casi que arrastrar a la muchacha, que se hallaba al límite de sus fuerzas. Llegaron arriba por fin.

Con idéntica ansiedad contemplaron el otro lado del promontorio.

—¡¡Max!!

—¡¡Diana!!

Lanzaron un grito de alegre sorpresa. Debajo, a poca distancia, separada solo de la Isla de los Pájaros por un brazo de mar, alzábase otra isla, Nuevo Paraíso induda-blemente, ya que en lo alto de una colina destacábase la graciosa silueta del palacio. Formaban los dos territorios casi una sola isla, separadas solo por una especie de ca-nal. Por ser toda aquella parte tan alta y abrupta, no era visible desde la Isla de los Pájaros. La inesperada sorpre-sa los dejó sin habla. Únicamente, con grandes gestos de alegría, gritáronse el uno al otro:

—¡Allí! ¡Allí...!

—¡Mira! ¡Por fin...!

Tras las angustias sufridas, la rápida y fácil solución de su aventura parecíales inaudita. No podían dar crédi-to a sus ojos. Temían estar soñando o ser juguetes de un espejismo. Para convencerse, repitieron a gritos:

—¡Es Nuevo Paraíso! ¡Nos hemos salvado!

En un arrebato de entusiasmo, Max estrechó a Diana entre sus brazos, y ella se dejó abrazar, besando incluso la áspera tela de su camisa.

—¿Es posible, Dios mío, es posible?

—¿No estaremos soñando...?

—¡Qué tonto he sido, teniendo la salvación tan cerca! ¡Hemos salido de esto, Diosa! ¿Te sientes feliz?

—Estoy loca, Max... Bajemos en seguida... Temo que... desaparezca la isla como por encanto antes de que lle-guemos a ella. ¿No es maravilloso volver a vivir...? ¡A vi-vir! —Pensaba en la felicidad que les aguardaba, y le miró sonriéndole con los labios y con los ojos.

—¿Podrás bajar ahora?

—¡Claro que puedo bajar! Ya no estoy cansada... ¿He estado cansada alguna vez...?

—Cruzaremos a nado. No es cosa de volver por el piraucho. Bueno... Por aquí se baja mejor, ¿verdad? ¿O es que tenemos alas en los pies?

Olvidáronse de sus manos heridas, de sus pies hinchados, y bajaron la montaña sin tomar aliento.

A poca distancia estaba la meta, el fin de su aventura. Los días vividos en la soledad estaban tan llenos de acontecimientos como si fuesen años.

Al llegar a la orilla, Diana interrogó:

—Nos lanzamos al agua, ¿verdad?

—Descansa antes. ¿Tendrás fuerzas? Estás muy agotada... Si pudieran oírnos desde allí, pediríamos auxilio. Pero no es fácil que nos oigan. Temo también que haya mucha corriente. ¿Eres buena nadadora?

—Formidable.

Miráronse fijamente.

—Diana...

—Max...

—¡Ya se acabó!

—Sí. Ya se acabó...

—Creo que echaré de menos esta deliciosa intimidad.

Rio ella.

—¿Vas a desear que sigamos en una isla desierta?

—Para mí no estaba desierta estando tú, Diosa. ¡Ea! Fuera sentimentalismos y... ¡al agua!

Lanzáronse casi a un tiempo, con precaución por temor a las rocas, y nadaron uno junto al otro.

—Está fresca, ¿verdad?

—No está mal. ¿No se mojarán los documentos que van dentro de tu impermeable?

—No es fácil. Nada hacia allá —dijo señalando una dirección—. Hay playa y además la corriente nos empuja.

—Max..., estoy contenta, contenta, contenta...

—No hables. Ahorra energías.

Nadaron perfectamente, y Max acortaba sus brazadas para no adelantarla.

—¡Max!!

El grito descompuesto de Diana le hizo mirarla aterrado.

—¿Qué hay? ¿Qué te ocurre, por amor de Dios...? ¿Un calambre?

—No... Algo... algo... me... ha rozado las piernas..., algo grande... ¿Habrá... tiburones...?

Max sintió que un escalofrío recorría su cuerpo. Nada era tan terrorífico para un nadador como acordarse de ciertas cosas dentro del agua.

—¿Tiburones? ¡No lo creo!

—¿No estás seguro? ¡Oh Max, Max! ¡Me ahogo...!

Sus nervios cedían. Había perdido la serenidad y no podía nadar. Desapareció bajo el agua y volvió a reaparecer un poco más allá, para sumergirse de nuevo. Max, pálido y desencajado, la sacó a flote, sujetándola con fuerza.

—¡Vamos, Diana! ¡Sostente! ¡No seas chiquilla...

—Era un tiburón, Max... ¡Estoy segura...!

Max miró angustiosamente a la otra orilla. Estaban a mitad del camino, y más valía avanzar que retroceder.

—¡Oye! ¡Diana! ¡No hay tiburones! ¡No hay tiburones!

—La sola sospecha de que los hubiera helaba su voz en la garganta—. ¡Hazte fuerte, Diana! ¿Quieres que nos ahoguemos los dos? ¡Estamos a dos brazadas de la meta! ¡Agárrate al paquete que llevo a la espalda! ¡Yo te llevaré!

Obedeció instintivamente, y Max siguió nadando con lentitud, consciente de que si él perdía la serenidad, se ahogarían irremisiblemente. En aquel minuto pensó en cien mil cosas distintas, en su tío, en el *Bengala*, en la risa del señor Ballena, en las manos de la princesa Nipoulos, en los globos de colores del hotel de Túnez... También vio como en sueños varios rostros de mujer, cuyos nombres ni siquiera recordaba... Sintió como si estuviera sumergido en una montaña de cigarrillos Benjamín... Y ahora... ¿qué era aquello? ¡Ah, sí! Era el traje de color ámbar de Diana. ¡Diana! La llevaba a su espalda, como una preciosa carga, y la vida de ella dependía de él, de sus nervios de acero y de sus músculos... Llegaría..., llegaría a la playa... Aunque hubiera tiburones... Diana... Diana... Su traje ambarino... Su pelo... Era necesario llegar... ¡Ja, ja, ja...! Le parecía oír la risa del capitán Bruto, cuando él iba de fogonero por *sport,* por conocer mundo... Y Leo... Leo bebiendo y cantando el «Ab-da-lán»... Otro nuevo rostro... ¿Quién era? Sí. Su madre, a quien recordaba tan vagamente... Quizá se pareciese a Diana... ¡Eran las dos tan adorables...! ¡Diana! Otra vez Diana. Iba callada. ¿Se habría ahogado? ¡Diana!

Un brusco encontronazo con una roca le hirió una rodilla y, de resultas, pudo darse cuenta de que tocaba tierra. Dando un grito de alegría, se puso en pie y sujetó por la cintura a su compañera, casi desvanecida.

—Ya estamos, Diana. Ya estamos, tesoro mío... He salvado tu preciosa vida, ¿sabes? Hemos llegado...

En la orilla cayeron, sin fuerzas para levantarse. Continuaron inmóviles durante bastante rato, respirando con dificultad, hasta que se fueron serenando.

Diana se incorporó un poco, miró aquel rostro varonil y adorado y le besó en la mejilla con infinita suavidad.

—Gracias —dijo sencillamente.

Él no contestó, limitándose a acariciar su empapada cabecita, consciente de la dulzura de aquel leve beso.

—¡Buen susto!, ¿eh? —dijo al fin, con el tonillo ligero que Diana ya adoraba.

—Perdóname. Casi me ahogo y... te ahogo...

—Sí. Casi nos ahoga «tu» dichoso tiburón... Y en resumidas cuentas... ¿por qué había de ser un tiburón?

—Sería un pez cualquiera...

—Lo dejaremos en sardina, ¿quieres?

Riendo se levantó, mirando a la playa, de arena fina, que concluía en un parque enarenado, con sendas cuidadosamente trazadas.

Ayudó a Diana a levantarse y tambaleándose pisaron la arena seca. ¡Habían concluido sus calamidades! Al avanzar unos metros detuviéronse en seco, visiblemente sorprendidos. A pocos pasos, en el parque que se extendía ante sus ojos, acababa de aparecer el primer ser humano que veían desde que comenzaron sus calamidades. Y quedaron estupefactos por la extraordinaria apariencia de aquel nuevo personaje.

XXI

EL PRÍNCIPE ELIGE

Jorge Nipoulos se llevó a los labios la tacita de café y advirtió que estaba frío. Malhumorado, oprimió el timbre, esperando que Pedro remediase aquella falta. Esperó cerca de tres minutos, al cabo de los cuales vio aparecer la cara desconocida de un camarero.

—¿Dónde está mi ayuda de cámara?

—El ayuda de cámara de vuestra excelencia está en su camarote haciendo el equipaje.

—¿El equipaje? ¿Qué equipaje?

—No lo sé, señor. Supongo que el suyo.

—¡Hazle venir inmediatamente!

El príncipe apretó contra el cenicero el cigarrillo recién empezado y lo apagó estrujándolo con visible mal humor.

Todo cuanto le rodeaba era hostil. Hacía doce horas que anclaron en Trípoli y que recibieron la visita de un irritante viejecillo, calvo y con voz chillona, que había empezado a dar órdenes a diestro y siniestro, a fisgar y a molestar a todo el mundo como si fuese el dueño del barco. Según decían, se llamaba Benjamín y era tío de Max, de aquel Max aborrecido que se esfumó en compañía de Diana. Ahora Jorge lo sabía ya todo. Había oído discutir a grandes voces a aquel vejete inaguantable con doña Marieta y Leo, y sabía que su exnovia y el impertinente muchacho desembarcaron por la noche en un punto desconocido de la costa. ¡Se marchó con aquel necio inventor de la «escuela para nuevos ricos», que le miraba con aire retador! Aquel que horas antes aseguraba que era novio de la Ballenita. Indudablemente habíanle tomado el pelo a conciencia. Mortificábale de un modo horrible el que Diana se hubiera consolado tan pronto de la ruptura de sus relaciones... Inaudito. Equipararle a él, el príncipe Nipoulos, con un Max Reinal cualquiera... Las mujeres estaban locas. Empezaban a resultarle insoportables. Rehuía incluso a su propia madre, que solo hablaba de Diana empleando adjetivos molestos y se empeñaba en meterle por los ojos a la Ballenita, que suspiraba por Max.

¡Molesto y desagradable! Poseía un único refugio grato: Pedro. El respetuoso afecto y las delicadas atenciones con que le rodeaba el perfecto ayuda de cámara calmaban sus nervios, puestos a prueba. Pero también Pedro empezaba a hacer cosas imprevistas.

Bien. Allí estaba con aire enigmático y con su inmensa cara de luna, colorada como un pimiento.

—¿Qué es eso, Pedro? ¿Cómo no acudiste a mi llamada? ¿Y qué historia me cuentan de tu equipaje?

Pedro, el modelo de ayudas de cámara, bajó los ojos modestamente y guardó silencio. Luchaba entre el temor de decir ciertas cosas y la necesidad de hablar.

—Yo... alteza...

—¿A qué vienen esos misterios? Explícate de una vez y no me irrites.

—Alteza..., yo..., bien a pesar mío, me veo precisado a abandonar a vuestra alteza.

El príncipe Nipoulos creyó que el cielo se le desplomaba encima.

—¿Abandonar mis servicios? ¿Dejarme tú, Pedro?

—Sí, señor.

—¿Estás loco? ¿A qué viene esta salida de tono?

—Permítame que me calle, alteza.

Jorge se levantó y con las manos a la espalda paseó por el camarote.

—¡Inaudito! ¡Inaudito! ¡Eres de una necedad increíble! ¿Qué mosca te ha picado?

Para que el príncipe perdiera su dignidad de modales tenía que estar muy enfadado.

—La delicadeza me impide despegar los labios. Respete mi silencio, alteza.

—¡No pienso respetarlo! —Detúvose ante él y le miró con fijeza—. ¿Quieres que te aumente el sueldo? Si es por eso, no solo te lo aumento, sino que te lo doblo.

Pedro dirigió al espacio una sonrisa despectiva, hizo una mueca y se puso tan horrible que Jorge desvió la vista hacia otro lado.

—¡Bah! ¡No se trata de dinero, alteza! Recuerde vuestra alteza que hace muchos años que no cobro un céntimo. Poco puede importarme, pues, que aumente la deuda.

El príncipe se azaró visiblemente.

—Si pretendes que te dé algo a cuenta, me pillas en un momento difícil.

Pedro le detuvo con un gesto de su regordeta manaza.

—No, alteza. La suposición me ofende. El dinero no tiene más importancia para mí que esa mosca que vuela sobre nuestras cabezas. Yo era feliz sirviéndole y me contentaba con comer bien y vestirme de *frac* para servir la cena cuando teníamos invitados. Estaba orgulloso de «nuestra» nobleza. Y por eso me voy. —Hizo una pausa para tomar fuerzas y acabó la frase de carrerilla—: Me voy porque no quiero ver «nuestro» nombre deshonrado.

—¡Pedro! ¿Qué dices? ¡Cómo te atreves…!

Pedro volvió a bajar la cabeza con gesto contrito.

—He servido fielmente a vuestra alteza durante varios años. Los dos vivíamos contentos. Teníamos «nuestras» aventurillas, de las cuales solíamos salir como podíamos. Constituía para mí un verdadero orgullo servir al príncipe Nipoulos, tan noble, tan elegante y tan disputado por las mujeres. Pero esto de ahora… ¡no puedo aguantarlo…!

—¿Qué es lo que no puedes aguantar? ¡Me vas a volver loco con tus medias palabras!

—Siempre he aconsejado respetuosamente a vuestra alteza que realizase un matrimonio brillante con alguna distinguida heredera.

—Bien. ¿Y qué? ¿No hago lo que puedo por…?

—Vine a bordo con esa idea —continuó como si no hubiera oído su interrupción y cerrando los ojos con gesto de dolor—. Pero veo que vuestra alteza me ha engañado como a un chino.

—¿Que te he engañado? Quisiera saber en qué te basas para hacer esa atrevida afirmación.

—¡La señorita Carlier no es ya la novia de vuestra alteza!

El príncipe se sintió algo molesto.

—No creo que eso te incumba a ti.

—No me incumbiría, ciertamente, si vuestra alteza no estuviera dispuesto ahora a cometer una locura irreparable.

—¿Una locura yo...? ¿Acaso crees que estoy desesperado? ¡Bah!, Pedro... Yo no tomo a lo trágico las cosas de mujeres.

—Conozco a vuestra alteza y no me refería a que vuestra alteza fuese a dejarse llevar de la desesperación. Lo que quiero decir —su gigantesca silueta le pareció a Jorge imponente en aquel momento— es que no es digno de un príncipe Nipoulos hacer el amor a una chica tan ordinaria como la de García...

—¡Pedro! ¿Con qué permiso juzgas así a una amiga...?

—Esa... señorita no es para «nosotros», alteza. Será una princesa ridícula, por muchos millones que tenga. En el mundo hay cientos de herederas de casas nobles que se considerarían dichosas de que vuestra alteza se dignase mirarlas.

—¿Crees tú, Pedro...?

—Seguro, alteza. Recuerde cómo se «nos» disputaban las *ladies* inglesas, la *élite* francesa, la nobleza española y toda la *créme* internacional.

—Exageras, Pedro...

—Vuestra alteza es muy modesto. Sea como sea, si vuestra alteza persiste en hacer la corte a la hija de ese grotesco Ballena, yo desembarcaré aquí mismo y volveré a París por mi cuenta. ¡Yo no serviré jamás a la hija de un tabernero...!

Su tono majestuoso y terminante dejó estupefacto a Jorge.

—¿Esa es tu última palabra?

Pedro asintió con gesto dramático.

—¡La última, alteza!

Jorge guardó silencio. Mil ideas distintas bullían en su cerebro. Estaba impresionado. ¿Cómo podría arreglárselas sin Pedro...?

—Está bien —dijo—. Déjame diez minutos para pensarlo. No puedo tomar una determinación tan importante a la ligera.

—Le concedo esos diez minutos de buen grado, alteza —ofreció generoso el modelo de ayudas de cámara.

Se miraron de hito en hito unos instantes.

—¿Ignoras que mi madre tiene empeño en que esa boda se realice?

—La princesa merece una nuera más digna de ella.

—La chica es bonita...

—Vulgar, alteza. No hay que exagerar.

—Si se casa conmigo le darán una dote exorbitante.

—¡Los hijos de vuestra alteza serían nietos de un Ballena...!

—Entonces... veo que me presentas un ultimátum.

—En efecto. O ella o yo, alteza.

Hubo un nuevo silencio trágico.

En seguida oyose un rumor de pasos precipitados en la galería y la princesa Nipoulos entró en el camarote, presa de viva emoción.

—¡Es asombroso! ¿Qué dirás que ha ocurrido, Jorge? ¡Estoy sin aliento…!

—¡No sé, mamá! ¿Cómo voy a adivinarlo? —dijo sin entusiasmo, indiferente a todo lo que no fuese el problema que tenía entre manos.

—¡Han aparecido Diana y Max! —gritó triunfalmente. Jorge esta vez se inmutó.

—¿Diana? ¿Dónde? ¿Cuándo? ¿Cómo?

—Ha llegado ahora mismo un radio. ¡Están en Nuevo Paraíso! ¡En la isla de aquel millonario excéntrico…! ¿No te asombras?

El príncipe abrió la boca para decir: «¡¡Oh!!», y le faltó el aliento. Entonces la volvió a cerrar y se dejó caer sobre un sillón.

Por vez primera en su vida sintió un poco de melancolía.

Dos horas más tarde, en el puerto de Trípoli, dos elevadas figuras, esbelta una, gordinflona la otra, contemplaban silenciosamente la silueta del *Bengala*, que levaba anclas en dirección a Nuevo Paraíso.

Tras una ruidosa discusión con su madre, Jorge desembarcó, abandonando la «Escuela para nuevos ricos», y a la dos veces desairada Ballenita, que, para consolarse, iniciaba un flirteo con el borrachín de Leo. La princesa, obstinada en seguir a bordo, gozando de aquel agradable crucero —agradable y emocionante—, continuaba su viaje hacia la isla.

El *Bengala* salió del puerto y desapareció de la vista del príncipe Nipoulos, quien, después de lanzar un profundo suspiro, echó a andar.

A diez pasos de distancia, según ordenaba la etiqueta, cargado con el elegantísimo equipaje de su señor, Pedro, el modelo de ayudas de cámara, caminaba a paso ligero. En su cara de luna llena campeaba una sonrisa triunfal: había vencido.

Ambos se metieron por entre la gente y el mundo se los tragó...

XXII

SORPRESAS EN NUEVO PARAÍSO

Diana y Max, apoyados uno en el otro, contemplaron asombrados durante varios minutos al hombre que acababa de hacer su aparición en el parque de Nuevo Paraíso. A su vez, él también los contemplaba indeciso, sin duda no queriendo dar crédito a sus ojos.

Vestía una túnica blanca y su cabeza se adornaba con larga melena y espesa barba rubia, con su correspondiente bigote. En el talle, la túnica iba sujeta por un ancho cinturón, llegándole solamente un poco más abajo de la rodilla, para dejar al descubierto las robustas y morenas piernas y los pies, calzados con sandalias de tiras cruzadas. Los brazos, musculosos, llevábalos también al aire. Con una mano sujetaba los collares de dos *setters* que ladraban pugnando por acercarse a los desconocidos.

Max se adelantó y le hizo un saludo con la mano, al que el hombre respondió, haciendo una pregunta en un idioma extraño.

—¡Hemos naufragado! —explicó Max en inglés, y vio que había sido comprendido, porque del mismo modo continuó el otro la conversación.

—¿Han naufragado? ¿Con qué barco?

Al verle de cerca, Max observó que poseía unas facciones de noble belleza varonil.

—No, no. Nuestro barco se libró afortunadamente. Tuvimos un percance. Viajábamos en el yate *Bengala,* de matrícula española, y caímos al agua por la noche la señorita y yo, sin que nadie se enterara ni pudiera auxiliamos.

Bajo las pobladas cejas, la mirada se hizo escrutadora.

—¿Españoles?

—Sí.

En pocas palabras, Max explicó su odisea de la Isla de los Pájaros. Diana se aproximó y el desconocido se inclinó, con cortés saludo.

—Veo que están desfallecidos y heridos. Esto me basta para acogerlos en mi territorio. Soy Gustavo Andersen y, aunque en este lugar no acostumbro recibir gente desconocida, bendigo a la Providencia, que ha guiado sus pasos hasta aquí.

Alzando los brazos al cielo, musitó una oración:

—¡Gracias, Dios mío, por este beneficio que me concedes de poder auxiliar a mi prójimo!

Los dos jóvenes miráronse estupefactos. Aquella vestimenta y los extraños modales del sueco hiciéronles temer que estuviese loco.

Por pura casualidad, la primera persona que salió a su encuentro era nada menos que el millonario Andersen, dueño de Nuevo Paraíso. Recordaban todo lo que Leo contó de sus excentricidades, y les pareció que no habían hecho más que empezar a sorprenderse.

Los *setters*, con las cabezas levantadas, los contemplaban, y en aquel instante un nuevo personaje se unió al grupo de hombres y perros. Salía también del parque y tratábase de una atractiva muchacha, que se detuvo en seco, paralizada por la emoción.

Entre ella y su padre se cambiaron breves frases excitadas y, al fin, acudió solícita, hablando inglés y haciéndoles en un minuto, tal cantidad de preguntas que no conseguían responder.

—Están extenuados. ¿Muchos días sin comer? ¿Qué? ¿Dátiles? ¿Y esa herida de la rodilla? ¿Con una roca? ¡Qué horror! ¿También ella tiene las manos heridas? ¡Pobrecita! Vengan, vengan por aquí. ¿Pueden andar? Me adelantaré a dar órdenes. Papá, llévalos hacia casa.

Antes de concluir de hablar ya se había alejado, rápida y ligera como una sílfide o como una ninfa de los bosques. Vestía, igual que su padre, túnica y sandalias, y todos sus movimientos eran armoniosos y estatuarios.

Por primera vez fijose Diana en lo impresentable que estaba Max, con barba de tres días, la camisa hecha jirones y el traje chorreando agua. Y ella, por su parte, estaba aún peor.

Antes de que hubieran avanzado veinte metros, ya estaba de vuelta la hija del señor Andersen, seguida de los dos *setters,* que se marcharon con ella. Detrás deteníase, boquiabierto, un numeroso grupo de gente —indudablemente servidores, vestidos todos con la inevitable túnica—, y Max y Diana se vieron transportados en vilo, compadecidos, agasajados y cuidados, repartiendo sonrisas corteses mientras con los ojos muy abiertos por el asombro contemplaban lo que se presentaba ante su vista.

El parque era la maravilla descrita en algún cuento fantástico. Naranjos y limoneros, cargados de flor, exhalaban un perfume penetrante, que embriagaba. Enredaderas llenas de rosas de tintes cálidos y de matices exquisitos. Senderos de tilos, de pinos y de magnolios, artísticamente trazados. Piscinas inmensas, de mármoles blancos o rosados, invitando a sumergirse en el agua entibiada por el radiante sol y perfumada de todos los perfumes de las flores. Pérgolas cuajadas de hortensias, de gardenias, de jazmines. Macizos de anémonas, de heliotropos y de miosotis. Estanques con cisnes y nenúfares y prados con pavos reales. Bancos escondidos en rincones apacibles, a propósito para soñar. El espectáculo era tan inaudito, que los ojos no se saciaban de tanta belleza. Tuvieron que dejar de mirar aquello para contemplar otra maravilla: el palacio, ante el cual acababa de detenerse el extraño cortejo.

Era un inmenso edificio, de piedra y cristal —indudablemente, el blanco era el color preferido por el señor Andersen—, y estaba construido de modo que por todos lados pudiesen entrar el sol y la luz a raudales. Habíase sacrificado un poco el arte a la higiene, y más bien parecía un espléndido sanatorio rodeado de terrazas, desde las cuales podíase respirar plenamente el aire vivificante del mar.

Pero... Imposible seguir mirando la casa... La atención de los jóvenes se distrajo con la llegada de nuevos personajes pertenecientes a la familia. Ellos y ellas igualmente altos, esbeltos y magníficamente formados. La señora Andersen, aunque frisaría, como su esposo, en los cincuenta años, representaba treinta y cinco. La hija mayor, madre de cuatro bebés gordos y sonrosados, y el esposo de esta, que, al contrario que su suegro, iba afeitado cabeza y todo. Había también otro Andersen, hermano del millonario, con su respectiva esposa y sus respectivas hijas, y además... Renunciaron a enumerar toda la familia. Eran cerca de veinte personas, servidas por doble cantidad de criados, igual de extraños que sus amos.

Tuvieron que responder a infinidad de preguntas de los que sabían francés, inglés o español, y aquello llevaba trazas de no acabarse. Pero uno de los miembros de la familia, que indudablemente era médico, se impuso a los demás y empezó a dar órdenes en su idioma, siendo rápidamente obedecido.

Diana se vio separada de Max y sintió la misma angustia que un niño pequeño al separarse de su mellizo. La hicieron atravesar, apoyada en el brazo de Ingrid —la bella muchacha, hija menor de Andersen, que salió a recibirlos—, corredores espléndidos, salones suntuosos, pisando alfombras de blandura exquisita, para detenerse al fin ante la habitación que le estaba destinada.

Acostumbrada a visitar y alojarse en los mejores hoteles del mundo, lanzó sin embargo una ojeada de admiración a aquel aposento de *Las mil y una noches.*

En menos de diez minutos, el médico de la colonia curó las heridas de sus manos y de sus pies, le dio una bebida fortificante y ordenó a las sirvientas que la metiesen en el lecho. Lo cual fue cumplido con rapidez apenas dejaron de sonar los pasos del doctor, que se alejaba por el corredor en busca del otro paciente.

Diana quedó sola en la estancia, descansando en aquel lecho enorme —todo lo de Nuevo Paraíso, incluso sus habitantes, era de grandes dimensiones—, después de haberla enterado del manejo de los timbres, por si necesitaba algo.

Pero solo necesitaba descanso. Apenas quedó en silencio, gozando de la deliciosa penumbra de los grandes cortinones corridos ante las ventanas, dio un suspiro de satisfacción por hallarse en lugar seguro. Dio gracias a Dios por ello y se quedó profundamente dormida.

XXIII

DESPERTAR

Abandonó el lecho tibio y fragante y descorrió las gruesas cortinas. El sol, entrando a raudales, hízole cerrar los ojos sorprendida. Pensaba que sería de noche ya. ¿Cuánto habría dormido? Tenía la sensación de haber estado descansando durante muchas horas. Se acostó por la tarde... Y... ¿sería posible que fuese ya el día siguiente? Sí. No cabía duda. El sol brillaba muy alto.

¡Había dormido cerca de quince horas! Por eso, sin duda, sentíase ahora ligera y optimista.

Abrió el enorme ventanal, respiró ante él profundamente y sonrió a los sonidos que entraban por la ventana: gozosos ladridos de perros, trinar de pájaros, el bordoneo de los abejorros que revoloteaban sobre los macizos de reseda y, un poco más lejos, el rumor más delicioso del mundo. El del agua cayendo en la cercana piscina, cuyas fuentes sostenían unos diosecillos de piedra, de gracioso rostro.

Respiró otra vez a pleno pulmón, notando que aquel aire puro infiltraba en las venas el ansia de vivir.

¿Dónde estaría Max? ¿Habría dormido tanto como ella? Ardientemente deseaba verle, como si hiciese años que se hubieran separado.

Tenía, además, un apetito formidable... Era preciso vestirse con rapidez... Pero ¿qué se pondría? Las ropas que se quitó la noche anterior habían desaparecido: sin duda una mano piadosa las estaría lavando y reparando. Y el paquete que contenía otra falda y otra blusa —en muy mal estado también, arrugadas y deslucidas— lo tenía Max en su —¿lejana?— habitación.

Por un momento temió verse obligada a aparecer ante la numerosa familia Andersen vestida con aquel precioso camisón de seda color pastel que la noche anterior le habían puesto, pero su temor desapareció viendo sobre una silla una encantadora perspectiva de ropa interior finísima, un par de sandalias blancas... y, ¡santo Dios!, también una túnica... Sí. Era una túnica blanca exacta a la que llevaba Ingrid, con un artístico cinturón de tafilete dorado para el talle. ¡Tendría que vestirse como el resto de aquella bondadosa «tribu»!

Así lo hizo, entre disgustada y divertida, y pronto salió de la habitación, en busca de otras personas y sobre todo de Max.

Intentó inútilmente recordar el camino seguido el día anterior cuando la llevaron a su cuarto. Después de varias vueltas y revueltas, convenciose de que lo más práctico era llamar al timbre, para que alguien la guiase. Volvió sobre sus pasos y esperó en le dormitorio.

La rubia camarera, que vestía una túnica gris claro en lugar de blanca —sin duda para diferenciarlas de las de sus señores— no conocía otro idioma que el de su país natal, por lo cual tuvo que limitarse a saludarla con grandes gestos y a decirle por señas algo que pudiera traducirse como: «Tenga la bondad de seguirme, señorita».

Diana entendió el gesto y obedeció, mostrándose sorprendida cuando, tras de atravesar salas y corredores, se dirigieron al parque, hacia un punto determinado.

Antes de llegar, Diana oía ya las alegres voces de las personas reunidas en la piscina. Nadie advirtió su presencia, absortos como estaban entonando un himno que después comprendió era de «Acción de Gracias». Agrupábanse semejando un rebaño de túnicas blancas, de caras sonrosadas y de cabezas rubias.

Andersen, el patriarca de Nuevo Paraíso, al concluir de cantar, elevó los brazos al cielo, como lo hiciera el día anterior a la llegada de los dos «náufragos». Con voz potente exclamó:

—¡Gracias te damos, Señor, por esta tierra bendita que nos alberga! Por ese mar que alegra nuestra vista y da salud a nuestros cuerpos; por ese sol radiante que infiltra la vida en nuestras venas; por las frutas de los árboles, que endulzan nuestro paladar; por todo el bienestar con que nos favoreces..., ¡gracias, Señor!

—¡Gracias, Señor! —repitió el coro familiar.

Y acto seguido se dio por terminada la oración. Las numerosas personas reunidas despojáronse de las túnicas, quedando en modernos trajes de baño, y unos se dirigieron hacia la playa, a zambullirse en el mar, mientras otros prefirieron el agua tibia de la piscina, donde hasta los pequeñuelos de tres y cuatro años nadaban con maestría, considerando el agua como un elemento natural del hombre.

Diana descubrió, asombrada, entre los nadadores una cabeza morena que destacaba absurdamente entre las cabezas rubias. ¡Era Max! Max, que, como siempre, adaptado en seguida a todos los ambientes, rezó con los suecos, despojose de su correspondiente túnica y se lanzó al agua, de donde surgía y desaparecía su atractiva cara de pícaro. Iba recién afeitado y en nada recordaba al Max pálido y derrotado de la Isla de los Pájaros. Le contempló con alegría. ¿Qué atractivo especial tenía aquel muchacho del que no era posible defenderse? Quizá su carácter, tan animoso, que solo veía la parte buena y agradable de la vida. Su apariencia burlona y divertida, que ocultaba un corazón tan leal. Le adoraba. Dentro de un instante, en cuanto él volviera a hablarle, se lo diría.

Frunció el ceño al ver a Ingrid y a toda una brillante colección de chicas —sus primas—rodeando a Max y pugnando por chapuzarle. Eran todas tan guapas, que sintió unos celos locos, infundados, que la impulsaron a avanzar, haciéndose visible.

—¡Max!

Del cerrado grupo de femeninas cabezas rubias surgió, sorprendiendo como una bola de nieve en el infierno, la oscura cabellera de Max. Sus ojos se dilataron de alegría, y en dos brazadas aproximose al borde de la piscina sonriendo a Diana.

—¡Diosa! ¡Estás magnífica con esa túnica! Es el único detalle que te faltaba para parecer una verdadera diosa... ¿Has dormido bien? ¿Te sientes contenta? ¿Te han tratado como mereces? ¡Cuántas horas sin verte, princesita! ¡Qué largas se me han hecho! Yo he dormido un poco menos. De vez en cuando, Ingrid entraba a verte y me llevaba noticias tuyas.

—Habéis intimado mucho —fue todo lo que se le ocurrió decirle.

Él respondió con una risa alegre, salió de la piscina y se colocó la túnica con la soltura de quien se la estuviera colocando diariamente. Al verle así, Diana no pudo por menos de reír también. A pesar de la elevada estatura de Max, los suecos le llevaban ventaja y la túnica le estaba bastante más larga que a los otros, lo cual le daba aspecto de un patricio romano.

—Esas niñas están deseando tener con quien flirtear —dijo él a media voz, adivinando su pensamiento—. El aislamiento de Nuevo Paraíso, que tanto le gusta al loco de Andersen, temo que a ellas les resulte aburrido. ¿Sabes lo que me he visto obligado a decirles para que no regañaran entre sí por un majadero como yo? ¡Que somos novios! ¿Qué te parece...?

—Que es una idea absurda... repuso, fingiendo enfadarse.

—Sí. A veces suelo decir las cosas más raras.

—Debe de ser terrible eso de que se lo disputen a uno, ¿no?

Mirola él con gesto travieso.

—¡Me parece que estás celosa, rica mía!

—¿Celosa? —Diana se sofocó intensamente—. No lo creas.

—¡Qué lástima! ¡Hubiera sido tan agradable, princesita...!

—Muchos días en esta isla te convertirían en un vanidoso insoportable.

Andersen, que acababa de advertir a la muchacha, surgió del agua, semejante a un tritón gigantesco, con sus melenas y su barba chorreando; se colocó la túnica y se acercó. En el acto, todo el grupo juvenil le imitó y la piscina quedó pronto vacía.

—Buenos días, señorita. Veo que el descanso ha vuelto los colores a su rostro y la fortaleza a su cuerpo. Bendigo a Dios por ello. Ahora necesitarán tomar alimento. En seguida almorzaremos.

Los bañistas —incluyendo a Max— entraron en el palacio a cambiar sus ropas húmedas, y hasta cinco minutos más tarde no se reunieron de nuevo en el enorme comedor, que aireaban diez amplísimos ventanales.

Alrededor de la mesa, estrecha y larga, capaz para muchos comensales, permanecieron de pie. Andersen, a la cabeza, volvió a rezar su «Acción de Gracias».

—¡Gracias, Dios mío, por esta comida que vamos a saborear, por este techo que nos cobija y por esta satisfacción de poder sentar a nuestra mesa a dos hermanos que nos necesitan en su infortunio!

La familia, como un eco, coreó:

—¡¡Gracias!!

En seguida se sentaron a desayunarse.

Max creíase transportado a los tiempos de la antigua Roma cada vez que uno de los ocho criados que atendían a la mesa, con sus túnicas y sus sandalias, le aproximaba una enorme fuente cargada de frutas y de legumbres.

—En mi casa no se come carne ni pescado. Hemos desterrado la vergonzosa costumbre de inmolar seres vivientes para saciar nuestro apetito. En cambio, podrán saborear las frutas que apetezcan. Algunas las traen para mí de lejanos países. Tengo cuatro barcos dedicados exclusivamente al abastecimiento de la isla.

—Es una sana costumbre —murmuró Max, añorando mentalmente un buen filete sangrante o un muslo de pollo—. Sin duda ama usted a los animales.

—A todos. En particular a las aves. Recordarán que la isla vecina está llena de pájaros. Anualmente me traen maravillosos ejemplares de todos lados, y los echo allí para que vivan libremente. Todos los meses paso diez días en aquella isla, que no he querido que nadie habitara, y vivo como un ermitaño, haciendo retiro espiritual. Sin duda encontrarán algo extrañas mis costumbres y mi modo de adorar a Dios —Diana y Max negaron hipócritamente—, pero siempre he opinado que la grandeza de Nuestro Señor se advierte más al aire libre, frente a la grandiosa naturaleza, que en cualquier templo cerrado, por artístico que sea. ¿No se ve palpablemente la mano del Todopoderoso en el mar? ¿Cómo contemplar el gigantesco océano sin pensar en Él? ¿Y las montañas? ¿Y la maravillosa policromía de una flor? Es la naturaleza pura, tal y como Dios la creó. Por eso adoro al sol, y la luna y las estrellas, como obra suya. Y le doy gracias continuamente por permitirme a mí, mísero mortal, gozar de tantas y tantas creaciones admirables.

Max y Diana se miraron uno a otro, impresionados.

—Soy sueco, pero profeso la religión católica, que me enseñó mi madre, de nacionalidad suiza. Gracias a ella comprendí la Gran Verdad, y, de no haber contraído matrimonio, mi ambición actual sería hacerme sacerdote. Pero, puesto que ya no me es posible ser ministro del Señor, practico fielmente sus santas doctrinas y he formado con mi familia un patriarcado perfecto, semejante a aquellos de que nos habla la Santa Biblia.

Detúvose para beber un sorbo de un vaso lleno de zumo de naranja y continuó con el mismo tono monótono:

— Hace diez años que nos retiramos del mundo. Las costumbres empezaban a hacerse más y más repugnantes y libertinas. Los hombres se odiaban unos a otros. Las mujeres anteponían la palabra «dinero» a la palabra «honor». Todo aquello hería de tal modo mi sensibilidad, que tuve la feliz idea de buscar este refugio, adonde no llegan los vicios ni las malas pasiones. Aquí, en Nuevo Paraíso, somos felices y no añoramos nada…

Casualmente miró Diana el bellísimo rostro de Ingrid, sentada frente a ella, y vio pasar por sus juveniles ojos un relámpago de… ¿ansiedad?, ¿aburrimiento?, ¿desesperación…? Solo duró un segundo, porque en seguida los párpados se bajaron hacia el plato…

—Nuevo Paraíso será nuestra tumba y aquí nacerán nuestros descendientes. De vez en cuando suelo invitar a personas honorables que son de mi agrado. Uno cualquiera de mis yates va a buscarlos y los trae aquí. Gunnar —señaló a su yerno, el de la cabeza afeitada— vino a hacernos una visita, se enamoró de mi hija mayor y decidió quedarse, casándose con ella.

Gunnar, que no sabía inglés, viéndose señalado, dirigió una sonrisa inexpresiva y siguió comiendo espinacas a dos carrillos.

—Moller —señaló ahora a un hombretón rubio y corpulento, idéntico a los otros— era capitán de uno de mis barcos. Se enamoró de mi sobrina y se casó con ella. Espero que todas las demás muchachas irán encontrando maridos a su gusto, que respondan al ideal de honor y de decencia que yo les he inculcado, y que lo mismo harán los varones.

En una esquina de la enorme mesa, los descendientes de Andersen —nietos, sobrinos e hijos pequeños—, queriendo sin duda demostrar a los forasteros la fortaleza de sus dientes y de sus estómagos, devoraban a gran velocidad gigantescas peras, deliciosas uvas purpúreas servidas en cestitas de mimbre, patatas asadas rociadas de jugo de tomate, grandes fuentes de legumbres variadas, miel dulcísima y perfumada, en el mismo panal; bollos calientes cubiertos de azúcar, y exquisito café, en unas delicadas tazas de porcelana china.

Durante un rato, Diana y Max olvidaron los dátiles y las penalidades pasadas, para saciar su apetito, tantas horas atormentado.

—Soy un hombre muy severo en mis costumbres —continuó explicando Andersen, que se las ingeniaba para poder hablar y comer—. Aborrezco el pecado y huyo de él como de la peste.

Max y Daina, con la boca llena, asintieron con la cabeza.

—El contacto con la gente poco escrupulosa mancha el espíritu. Sírvase estas toronjas, señorita. Le gustarán.

—Diana obedeció sin hacerse rogar—. Solo traigo aquí a gente de mi mayor confianza; el año pasado me pidió un permiso especial para visitar la isla un tipo raro, el «rey de la cerveza» creo que le llamaban. Me negué en redondo. Era tres veces divorciado.

Diana, mientras oía, continuaba fijándose en los comensales. Frente a ella, un poco hacia la derecha, había tres muchachos que no cesaban de mirarla. Representaban a lo sumo diecinueve o veinte años. Al encontrarse sus ojos, el más resuelto le sonrió. Los otros se pusieron colorados. Por un momento, pensó que era un soberano egoísmo del millonario recluir a tanta juventud en aquel rincón del mundo. Bien estaba que él hiciera el ermitaño, si le apetecía…, pero ¿sus hijos? ¿Era justo que vivieran y muriesen allí, sin pena ni gloria, sin haber gozado ni sentido? Andersen, con su inmensa fortuna, podría haber hecho una hermosa labor. Podía haberse convertido en un bienhechor de la Humanidad. ¿Por qué aquella Isla de los Pájaros en lugar de un sanatorio para niños y débiles? ¿Por qué asustarse del pecado y huir de él, en lugar de combatirlo en su propia guarida…? ¿Por qué tanto recluimiento, en lugar de dar el ejemplo al mundo con su vida honrada y austera…?

Si han concluido de almorzar —decía en aquel momento—, mis hijos y mis sobrinos pueden acompañarlos a dar un paseo y conocer parte de la isla. Dentro de una hora les esperaré en el contiguo salón para hablarles de algo importante.

Se levantó. Todos le imitaron, contentos y optimistas después del copioso almuerzo.

Ingrid, con sus primas, primos y hermanos, rodeó a Diana y Max y salieron al aire libre. Esta vez no fue solo Diana la celosa. Max, al verla rodeada, obsequiada y disputada por todo el elemento masculino, rabiaba a más y mejor. Tuvieron que jugar al tenis y visitar algunas dependencias del palacio: un pabellón destinado exclusivamente a guardar piraguas, lanchas y magníficos botes automóviles; el invernadero, que encerraba dentro de sus encristaladas paredes un verdadero jardín botánico; el gimnasio al aire libre y el solárium, imitación, según dijeron, de uno de la antigua Grecia. Todo era tan imponente y majestuoso, que caminaban de asombro en asombro. Indudablemente, Andersen sería un místico, pero no veía pecado en la ostentación y en el lujo. Por la parte sur, contraria a la Isla de los Pájaros, había una pequeña ensenada, especie de puerto artificial, y anclada en ella un hermoso yate. La tripulación —exceptuando al capitán— tenía prohibido terminantemente bajar a tierra.

Mientras caminaban y lo curioseaban todo, se vieron asediados a preguntas:

¿Cómo era España? Los españoles tenían fama de apasionados (frase de Ingrid). ¿Se divertía la gente? ¿Viajaban mucho? ¿Dónde lo pasaban mejor? ¿Cómo eran los bailes? ¿Era cierto que las muchachas ricas tenían un auto para ellas solas, con el cual podían ir de un lado a otro? Cuando un hombre se casaba, ¿vivía solo con su mujer o seguía con su familia? (pregunta del muchacho que sonrió a Diana en la mesa, al que sin duda fastidiaba el exceso de parientes). ¿En qué consistían los teatros y los cines? ¿Las mujeres se pintaban la boca? (pregunta femenina, por supuesto). Cuando uno quería casarse, ¿podía elegir entre muchas mujeres? A esta última pregunta, Max contestó: «Entre todas las del mundo». Y los chicos lanzaron un «¡Oh!» tan emocionado que temió verlos caer con un síncope.

Después, Max y Diana se enteraron de que nadie permanecía ocioso en Nuevo Paraíso. Todos tenían una ocupación que les servía de entretenimiento. Unos se dedicaban a la carpintería —y tenían un magnífico taller en el que fabricaban muebles artísticos—, otros a la pintura o escultura, algunos estudiaban idiomas o matemáticas, música, ingeniería o arquitectura, y se ensayaban inventando y fabricando, con resultados buenos a veces y grotescos otras. Supieron que el señor Andersen tenía debilidad por la fotografía y un laboratorio para revelar, con todos los adelantos de la técnica, además de gran cantidad de máquinas antiguas y modernas.

A las chicas, las novelas les estaban totalmente prohibidas, excepto algunas elegidas por el millonario, que trataban de historia y de religión. Tenían, en cambio, un medio de enterarse de las cosas del mundo: la radio. Cuando el «patriarca» no estaba presente, buscaban las estaciones en las que se emitía música de baile o se radiaban funciones teatrales o conferencias interesantes. Diana se figuró el efecto de la frase: «¡Aquí, París, retransmitiendo desde el *cabaret* "Les Petits Rats"...» Los aparatos de televisión eran, en cambio, desconocidos.

Encontraron a Andersen en el salón, cuyas paredes, adornadas de artísticos frescos con motivos religiosos, dábanle apariencia de capilla.

Entre sus muchas virtudes se contaba también la de la paciencia, porque los aguardaba desde hacía rato y no hizo la menor observación. Cortésmente les indicó que tomaran asiento, disponiéndose a hablar con gravedad.

—Ante todo —dijo—, quiero saber si se sienten satisfechos de mi hospitalidad y si han encontrado en mí el apoyo que buscaban.

—Ciertamente, señor Andersen. Le estamos muy agradecidos y...

Los detuvo con un ademán.

—Estas afirmaciones bastan para tranquilizar mi conciencia. He cumplido los deberes para con mi prójimo circunstancialmente desvalido. Ahora quisiera conocer sus proyectos.

—Nuestros proyectos son los de rogarle de nuevo que nos facilite el medio de llegar a Trípoli, donde probablemente se encontrará el *Bengala*.

—Bien. —El sueco se cruzó de brazos y su mirada volviose enigmática—. Una vez allí, ¿qué piensan hacer?

—¿Cómo?

Los dos se asombraron por la extraordinaria pregunta.

—Continuaremos a bordo, como hasta ahora —indicó Diana.

—Entonces... ¿no les preocupa esta situación?

Se miraron uno a otro, estupefactos.

—¿La situación? ¿Qué situación?

Hubo una ligera pausa. Andersen se mesó la poblada barba. —Perdone. Si no me han informado mal mis hijas, ustedes les han indicado que... sostienen relaciones amorosas, es decir, que están prometidos.

Max iba a decir algo, pero Diana le atajó:

—¿Y bien...?

—Ya conocen mi estrecho modo de pensar. Antes les indiqué que aborrezco el pecado y las situaciones dudosas.

—Sí, señor.

—Hijos míos, la situación de dos novios, de dos enamorados que pasan días y noches completamente solos en un paraje apartado no es clara, a mi entender. Conozco las debilidades de la carne, aunque he sabido resistirlas siempre. El amor ciega, enloquece y...

Max, que sentía la boca seca, se levantó e indicó fríamente:

—Se equivoca si cree que...

—Siéntese, hijo —aconsejó en tono reposado—. No interprete mal mis palabras. Sé que también peca quien piensa mal de su prójimo, y no incurriría en esa falta. No. Yo, personalmente, creo en la virtud de ambos.

Diana le miró expectante.

—Pero... cuando salgan de aquí tendrán que afrontar el mundo, y el nombre de la señorita se verá envuelto en un escándalo desagradable.

El que Andersen dijera en alta voz las mismas cosas que ellos habían pensado tantas veces aumentaban su malestar.

—Desgraciadamente, es cierto —afirmó Max—, y hubiera dado años de vida por evitarlo.

El sueco quedó pensativo. Un soplo de viento, entrando por uno de los ventanales, agitó sus largas melenas rubias.

—Pues bien —dijo al cabo, mirándolos fijamente—. Todo puede arreglarse.

—¿De qué modo? —quiso saber ella.

Y lo que dijo el patriarca de Nuevo Paraíso la sorprendió, estremeciéndola agradablemente.

—Pueden casarse aquí, hoy mismo.

¡Absurdo! ¿Se había vuelto loco o lo estaría realmente el «patriarca» Andersen...?

—¿Casarnos? —interrogaron a dúo—. ¿Aquí?

—Eso he dicho. Casarse esta tarde, por ejemplo, o esta noche, dentro de unas horas.

De nuevo reinó un profundo silencio de estupefacción.

—¿Por qué se sorprenden tanto? El señor Reinal me ha indicado que los dos tienen en su poder todos sus documentos reglados y legalizados. —Diana asintió y Andersen rio triunfal—. En ese caso, nada puede oponerse. En Nuevo Paraíso vive un sacerdote católico, un santo varón que ha consentido en venir aquí a este retiro, a cambio de que yo le facilitase el medio de estudiar manuscritos antiguos. Vive casi siempre encerrado en un pabellón, entre montones de libros. Él es quien ha bendecido los matrimonios de mi hija y de mis sobrinos y quien ha bautizado a los niños. Poseemos un permiso especial de Su Santidad para poder celebrar toda clase de cultos en la capilla que he mandado construir en la parte oeste de la isla. Una magnífica obra de arquitectura. Ya la verán más tarde. Allí puede celebrarse dentro de unas horas su matrimonio católico, y yo, como juez y jefe de Nuevo Paraíso, les daré también un certificado civil, que no tendrán más que ratificar ante el primer Consulado de su país. ¿Me han comprendido bien?

Max y Diana asintieron, incapaces de proferir palabra. ¿Soñaban o verdaderamente Andersen estaba diciendo que...?

—Eso no puede ser... —La voz de Max parecía salir de ultratumba.

—¿Que no puede ser? ¿Por qué?

—Porque... porque... —¿Cómo iba a decir a aquel señor que Diana jamás consentiría, que no le amaba y que no era cierto que fuesen novios? Se figuraría lo peor...

En realidad, esta vez Andersen pensó mal de su prójimo.

—¿Me habré equivocado al juzgarle a usted...? ¿Será capaz de abandonar a esta infeliz muchacha a su propia suerte? ¡No lo consentiré! —Su voz se hizo imponente y atronadora—. ¡No saldrá usted de Nuevo Paraíso sin antes haberse casado con la señorita! Es mi última palabra.

A pesar de lo dramático del momento, Max viose obligado a sonreír. Aquello era tragicómico. Con un ademán atajó al sueco, cuya indignación iba en aumento.

—Perdone que le interrumpa. No se trata de mí. Personalmente, he de decirle que no hay nada en el mundo que desee tanto como que la señorita Carlier sea mi esposa. Pero…

Ahora le tocó a Diana el turno de interrumpir:

—Pero ¿qué, Max?

Miráronse fijamente, como si tuvieran que dar su opinión sobre el parecido familiar de un recién nacido.

—¿Eres tú quien me pregunta eso? Sabes que te quiero —dijo en español, consciente de que Andersen no los entendía—. Que te adoro. Te lo estoy repitiendo desde el momento feliz en que te conocí. Estoy dispuesto, por lo tanto, a casarme contigo no dentro de una hora, sino dentro de un segundo. Solamente… que lo que para mí sería una dicha, constituiría quizá tu desgracia. Me has dicho infinitas veces que no me quieres. Siendo así, ¿no habría otro modo de arreglar las circunstancias sin que tú salieras perdiendo?

—¿Qué hablan? —preguntó el sueco, curioso y un tanto desconfiado.

—Estamos llegando a un acuerdo —le repuso Diana en inglés. Y sin contestar directamente a Max ni mirarle, sintiendo que su corazón latía precipitadamente, agregó—: Había un malentendido que hemos solucionado. Estamos dispuestos a casarnos esta misma noche, si usted cree que es factible.

Después se volvió a mirar a Max, sonriéndole amorosamente. Pero Max estaba de espaldas, apoyando la frente contra los cristales de un ventanal, temiendo caerse tendido de la sorpresa.

El sueco lanzó un gruñido de aquiescencia, acercose al muchacho, lo cogió por el brazo, mascullando algo de que «iban a arreglarlo todo en seguida»... ¡y se lo llevó...!

XXIV

FLORES DE AZAHAR

Ingrid golpeó con los nudillos la puerta de la habitación de Diana y entró suavemente, deteniéndose en el umbral, buscándola.

Diana se hallaba en la terraza contemplando el espléndido parque que el crepúsculo iba envolviendo. Deseaba que aquella placidez calmase la tensión de sus nervios. ¿Era posible que dentro de unas horas se convirtiera en la mujer de Max? ¿Cómo hubiera podido imaginarse jamás que su boda se realizaría en tan extrañas circunstancias, teniendo por únicos testigos personas tan... poco vulgares como la familia Andersen? ¿Tendría que casarse con túnica? La idea resultábale cómica. Preferiría hacerlo con su falda y su blusa, que le prestarían más aspecto de normalidad. De lo contrario, la ceremonia iba a parecerle el sueño fantástico de un desequilibrado. ¿Y Max? ¿Qué estaría pensando de la resolución tomada por ella? No había podido verlo desde que el sueco se lo llevó... no sabía adónde. Toda la tarde quiso permanecer sola, buscando en el silencio un poco de tranquilidad para su espíritu. ¡Casarse! ¡Y así..., tan de repente...! ¡De un modo tan absurdo...! Pero, sobre todo, ¡casarse con Max! Con aquel hombre que revolucionó su vida... Dos meses antes ignoraba su existencia. Y, sin embargo, ahora pensaba que jamás conoció tan bien a nadie. Imaginábase lo que sería la vida a su lado. No sabía en qué punto del mundo formaría su hogar, ni podría asegurar que llegaran a tener uno nunca. Ignoraba también con qué medios contarían par a vivir. Pero ¡qué importaba! Era una divina locura a la que se entregaría, consciente de que ninguna mujer del mundo gozaría una felicidad comparable. Adonde él fuera le seguiría, y allá donde él estuviera estaría también su casa, aunque esta casa fuese... un prado bajo las estrellas.

La tímida llamada de Ingrid sacola de su abstracción.

—Aquí estoy, Ingrid. Esperando que salga la luna para contarle mis impresiones.

Sonrió la hija de Andersen y tendió la mano a Diana con gesto efusivo.

—Vengo a decirle lo mucho que me alegra su felicidad. Mi padre me ha encargado también de advertirle que la ceremonia se celebrará a las nueve en punto. Después tendremos el gusto de obsequiarlos con un banquete de boda.

—¡A las nueve! —Consultó el artístico reloj colocado sobre la monumental chimenea—. ¡Si son casi las ocho! —Su rostro se coloreó y pasó en un instante por un verdadero arpegio de emociones distintas—. ¿Max lo sabe?

Ingrid sonrió y brillaron sus grandes ojos azules.

—Claro que lo sabe. Parece muy feliz... —Juntó sus manos con actitud extática—. ¡No sabe cuánto la envidio! ¿Suelen ser los hombres tan atractivos como su futuro esposo?

Esta vez le tocó el turno a Diana de sonreír ante la ingenuidad de la pregunta.

—Quizá lo sean. A mí me parece único.

—¿Le quiere mucho…?

Diana asintió, y aquel gesto resultó más persuasivo que muchas palabras.

—Él también la quiere. No hay más que verlo. La sigue siempre con la mirada, en cuanto usted se aleja. —Suspiró profundamente—. Yo estoy deseando enamorarme… y casarme —confesó—. Pero no me gustan hombres como Gunnar y Moller, que se resignan a vegetar aquí. ¡Yo quiero marcharme de Nuevo Paraíso! ¡Quiero vivir en el mundo!

Diana la escuchó asombrada.

—¿Es posible? ¿Y qué diría su padre…?

Encogiose de hombros e insensiblemente bajó la voz.

—Tengo dieciocho años y no quiero envejecer en la isla. No quiero someterme como los demás… No me casaré hasta que conozca a un hombre que prometa llevarme lejos… ¡Lo triste es que quizá no lo conozca nunca!

—¿Sus primas opinan igual?

—Unas sí y otras no. Es que…, ¿sabe?, yo he leído muchas novelas. El capitán de uno de los yates me las proporciona sin que nadie se entere. Es un buen hombre, pero viejo y gordo. Gracias a los libros, sé lo que es el mundo, la sociedad, el amor. ¡Yo no me resigno a rechazar la parte de alegría que la vida me reserve!

Diana se asustó del fuego que ponía en sus palabras. Era natural, al fin y al cabo. ¿Se resignaría ella a vivir eternamente en Nuevo Paraíso, por muy maravilloso, espléndido y fastuoso que fuera? ¿Y Max? ¡Max, el aventurero, que sentía continuamente la nostalgia de cielos distintos, de ambientes nuevos, de diversidad…! El patriarca Andersen era cruel sin darse cuenta.

—Pero discúlpeme —rogó Ingrid—. Hablando de mí, olvido el objeto principal de mi visita. —Volviose hacia un sillón donde había depositado al entrar una gran caja de cartón atada con ancha cinta de raso—. Le he traído esto creyendo que sería de su agrado. Me figuré que le gustaría casarse de blanco, como todas las novias europeas, en lugar de ponerse una de estas odiosas túnicas. —Ante los ojos atónitos de Diana deshizo los lazos y abrió la caja, que dejó ver en su interior una deliciosa amalgama de raso y tul—. Se trata del traje de boda de mi prima, la mujer de Moller. Tuvo el capricho de casarse así. Fue su único rasgo de independencia. Poco después se sometía completamente a papá, como todos los demás.

La emocionada prometida tocó con suavidad el encantador tejido, que entre sus muchos méritos contaba con el de haber sido «el único traje a la moda» que había llevado en su vida una mujer. ¿De qué parte del mundo lo habrían enviado a Nuevo Paraíso? ¿Qué manos de hada habrían tejido aquel velo vaporoso y casi impalpable? ¿Cuántas muchachas no habrían envidiado, al coserlo, a la novia millonaria que luciría aquel traje principesco? ¡Un traje que era casi la mortaja de una pobre «enterrada en vida»!

Ingrid lo sacó, desplegándolo ante su absorta compañera. Era delicioso, quizá no de última moda, ya que la joven pareja habíase casado dos años antes, pero de un raso natural digno de una reina, con amplísima cola que cubría parte del suelo. El velo, por el contrario, era sencillo y vaporoso, y los zapatos, de piel muy fina, que Diana comprendió sería imposible llevar. No todas las mujeres tenían la suerte de poseer los pequeños pies de las españolas.

Por fortuna, a pesar de que Diana no era baja, la prima de Ingrid aventajábala en estatura, por lo cual el vestido lo arrastraría tanto que nadie podría vislumbrar, bajo el rico atavío, los piececitos calzados... con sandalias de *sport*.

Divertida, rio de los contrastes de Nuevo Paraíso. ¿Quién de sus amigas habría tenido una boda como aquella? Una boda digna de Max, original como él, romántica cual ninguna otra...

—La camarera lo retocará y planchará —dijo Ingrid acariciando la tela con aire soñador—. Y ahora la dejo. Vendré a buscarla poco antes de las nueve; abajo en el parque se formará el cortejo. Hay que dar un pequeño paseo hasta llegar a la capilla.

Hizo un gesto de despedida y salió, dejando a Diana sola con sus galas de novia.

Permaneció en el mismo lugar durante algún rato, como si aquella blancura la hipnotizara. El reloj, tocando la campanada de las ocho y media, la sobresaltó. ¡Era preciso vestirse! Tenía los nervios deshechos y apenas pudo tocar el timbre para llamar a la doncella. Tomaría un baño tibio en el contiguo y maravilloso cuarto de baño mientras le preparaban la ropa. Era necesario calmarse y estar bonita cuando llegase el momento. Se bañó de prisa y comenzó a vestirse.

—Adelante —dijo en respuesta a unos golpecitos dados en la puerta.

Sin duda sería la doncella, que había entrado y salido varias veces. Pero nadie atendió a su invitación, y, poniéndose rápidamente la túnica, entreabrió una rendija, lanzando en seguida una exclamación alegre. Ninguna persona aguardaba fuera, pero a sus pies, sobre una profusión de verdes helechos, descansaba un artístico ramo de flores blancas que exhalaban un penetrante perfume. Miró a derecha e izquierda. El alfombrado corredor, con artísticos espejos cubriendo todas las paredes, permanecía vacío. ¿Quién habría llevado aquellas flores hasta allí? Al agacharse para cogerlas salió de dudas. ¡Eran de Max! En un pequeño papel había escrito con su letra de caracteres enérgicos e inconfundibles: «Flores blancas para mi novia». Cerró la puerta y hundió el rostro en el perfumado presente. ¡Flores cogidas por él, cortadas de la misma planta! ¿No era esto mucho más bello que si las hubiera comprado en la más elegante tienda? El exquisito aroma esparcíase por la habitación, impregnándolo todo. Mezclábanse las azucenas con las ramas de jazmines, las gardenias con las rosas, destacando entre todos aquellos deliciosos olores el perfume nupcial de los azahares.

—Max querido… —murmuró bajito, estrechando las flores contra sí.

Todo cuanto habían tocado las manos del hombre adorado parecíale distinto al contacto, como si emanase de ello misteriosa electricidad.

XXV

CEREMONIA BAJO LAS ESTRELLAS

La señora Andersen cogió la cola del vestido de Diana y, a su vez, el sueco ofreciole su brazo.

Hallábanse a la puerta del palacio, sobre la arena del parque, y la numerosa familia, con sus túnicas y sus sandalias, formaba cortejo tras ellos.

—El novio ha preferido esperar a la novia en la iglesia, según la antigua costumbre española —explicó el millonario—. Vamos, pues, hacia allá.

Jamás olvidaría Diana, maravillosamente bella bajo la cascada de tul, aquel desfile nocturno bajo las estrellas, iluminado también por las parpadeantes luces que transportaban unos criados alumbrando el camino. Creía soñar. ¿No era un cuento fantástico aquel paseo sobre los prados cubiertos de fina hierba, al final del cual aguardaba Max, al que se uniría con lazos indisolubles?

La silueta de la pequeña iglesia apareció por entre los árboles y un momento después deteníanse todos ante el pórtico, en el que se enredaban algunas madreselvas, húmedas por la niebla. Las puertas, abiertas de par en par, permitían ver la capilla, brillantemente iluminada y artísticamente florida. De allí surgió Max, que se adelantó hacia su prometida.

Habíase vestido con su «uniforme europeo», es decir, con la americana gris y el pantalón de igual color que trajera de a bordo, convenientemente limpio y planchado en Nuevo Paraíso. Su rostro estaba muy serio, y Diana leyó la emoción en los expresivos ojos verdes, que, olvidándose de cuanto los rodeaba, se clavaron en ella con ansiedad. El señor Andersen ignoraba que el padrino debía conducir a la novia al altar. O quizá no lo ignorase. Pero Max se adelantó y, como quien tomara posesión del más precioso tesoro, cogió la mano de Diana y la colocó sobre su propio brazo. De aquel modo la condujo al altar.

Los sones de un órgano sorprendiéronles agradablemente. Por un instante creyéronse en plena civilización, lejos de Nuevo Paraíso y de la Isla de los Pájaros. A media voz pronunció Max su frase habitual:

—¡Ahora o nunca, Diosa! —que estremeció a la muchacha.

—¡Ahora o nunca, Max! —Dios me perdone si, a pesar de tu sacrificio..., en este momento me siento feliz...

—No hay tal sacrificio, Max.

—¿Cómo...?

Pero allí estaba ya el sacerdote, y tuvieron que guardar silencio. Era un italiano, un hermano de raza, y la circunstancia los alegró, pareciéndoles menos irreal la precipitada ceremonia. Hablábales en el bello idioma de su país, en el que los españoles hallaban ecos y palabras del suyo propio. Ambos recordaron en aquel momento sus días de Nápoles y a la pobre doña Marieta, que los buscaría. ¿Qué decía el sacerdote? Palabras de «eternidad», «unidos para siempre», «fidelidad», «obediencia»...

Después Max pasó un anillo en el dedo de Diana regalado por Andersen para aquel momento. ¿Ya estaba? ¿Diana era ya su esposa para siempre ante el mundo entero...? Volviose a mirarla y ella sonrió. Su sonrisa tuvo la virtud de sacudirle como una corriente eléctrica. ¿Qué había dicho antes, cuando él dijo que lamentaba su sacrificio? Una voz femenina se elevó por los ámbitos de la iglesia, cantando en latín el «Ave María». Tenía acentos tan bellos y apasionados, que Diana reconoció en seguida en la oculta cantante a su amiga Ingrid, la muchacha que desearía tener alas para alejarse de Nuevo Paraíso. A hurtadillas contempló el perfil correcto del que ya era su marido y pidió a Dios amarse toda la vida como se amaban ahora, en aquella capilla erigida sobre un islote apartado del mundo civilizado.

En un momento, todo había concluido. El sacerdote, tras de bendecirlos, los felicitaba, la «tribu» de suecos estrechábales la mano y el órgano interpretaba una alegre marcha nupcial.

Cogidos del brazo salieron del templo, para encontrarse bajo la luna. A través de los árboles divisábase el mar, y a sus oídos llegaba el rumor de las olas chocando contra las rocas. La brisa agitaba los tallos de las flores y la noche parecía cuajada de fragancias.

Las luces que los criados llevaban a corta distancia surgían y se escondían alternativamente, como gigantescas luciérnagas. Un grupo de cisnes, sobresaltados en su sueño, elevaron sus largos cuellos por encima del lago, en el que se reflejaba tan extraño cortejo: la novia apretando contra su pecho el ramo de perfumadas flores. El novio, alto y apuesto, rendidamente enamorado. El padrino, con melena y barba rubia, túnica y sandalias, y detrás, de dos en dos, todo el resto de la original procesión.

—¿Será posible que nos dejen hablar ahora un minuto? Tengo que decirte lo que he sentido al verte aparecer con ese traje. Eras tú, ¡tú!, la que venías, vestida de novia, a unirte conmigo... ¿Me perdonas que me sintiera feliz ese momento y olvidase lo demás?

—¿Qué es lo que quieres olvidar? —preguntó con una sonrisa.

—Que ese velo que adorna tu cabecita no cubre a una novia feliz.

Sonrió y sin mirarle dijo:

—Estás completamente equivocado. Hace tiempo que quería decirte..., desde aquella noche en que te aseguré que te odiaba... —se detuvo, incapaz de continuar.

—Sigue, por lo que más quieras. Esa gente nos volverá a interrumpir.

—Aquella noche, al saber que eras novio de Araceli, me di cuenta de lo mucho que te amaba. Por eso, por no verte con ella, dejé el *Bengala*. Creo que te he querido desde siempre, sin darme yo misma cuenta. Te lo hubiera dicho antes, de no haberme cohibido la soledad de la Isla de los Pájaros. Aquí no me ha sido posible, ya que desde que llegarnos ayer, casi no nos hemos visto...

La sorpresa de Max fue inmensa. Quedó parado bruscamente, mirándola para convencerse de que hablaba en serio.

—¿Dices que...?

—Digo que me he casado contigo porque ello constituye mi felicidad. Te quiero.

El rostro moreno se coloreó, para volver a quedar pálido después. Bruscamente, como quien tomase una decisión inquebrantable, cogió a su esposa en brazos y, saliéndose del cortejo, hizo a los otros un amistoso gesto. Echando a correr, desapareció por entre los árboles con su preciosa carga, «raptándola» a través de los campos, entre la deliciosa oscuridad.

La familia Andersen contempló boquiabierta el gesto inesperado, y filosóficamente encogiéronse de hombros unos cuantos, otros rieron y otros dieron un profundo suspiro, continuando todos su camino hacia el palacio, donde se celebraría el banquete.

—Diana... Repite lo que has dicho. ¿Es cierto que me quieres...?

—Te quiero, M. R.

Rio él gozosamente y la depositó sobre la fresca hierba. La emoción impedíale hablar, y en el silencio y en la oscuridad buscó sus ojos y sus manos.

—Diana adorada... ¿Es cierto que somos los más dichosos de los mortales? —Hablaba a su oído, y en todas las fibras de su ser sintió ella la proximidad de su marido—. ¿Puedes figurarte un marco más apropiado para un amor como el nuestro? Mira, princesita. Contempla lo que nos rodea: el mar, los bosques, el cielo estrellado, los macizos de flores. Todo parece que perfuma y vibra, y luce, y existe para nosotros dos: Diana... ¡repítelo...

—¡Te quiero, te quiero, Max...!

Estrechola entre sus brazos y, por primera vez antes de hacer una cosa importante, olvidó decir su muletilla: «¡Ahora o nunca!». A pesar de que el besar a su esposa era lo más importante que Max hiciera en su vida.

XXVI

BANQUETE INTERRUMPIDO

Acababa de comenzar el banquete y el comedor aparecía totalmente invadido de flores blancas. Si bien era cierto que en el apetitoso menú no figuraba ninguna clase de alimento animal, en cambio Andersen hizo servir toda clase de suculencias de repostería, legumbres y frutas. Incluso se descorcharon en honor de los novios algunas botellas de champán.

—No solemos beber, generalmente —había dicho el sueco— pero este acontecimiento bien merece una excepción. En ello no hay pecado, siempre que no se abuse de la bebida. Todos los patriarcas de quienes nos habla la Biblia bebían los jugos de sus viñas, sin que ello constituyese una falta.

Podía haberse ahorrado su discurso. Ni Diana ni Max le oían, ocupados en mirarse, sonreírse y cambiar frases a media voz. Para ellos no había allí ninguna familia Andersen, ni palacios, ni islas, ni mesas interminables, con valioso servicio de plata exhibiendo gigantescas tartas, dulces, frutas escarchadas, melones helados, rociados horas antes con vino dulce, montañas de grandes fresas flotando en zumo de naranja, piñas tropicales rodeando al monumental pastel de boda, que Diana cortó y que representaba un barco de crema y caramelo, recostado en dulcísimo lecho de bizcochos en almíbar.

Max solo veía a Diana. Diana solo veía a Max. Con el egoísmo propio de los enamorados, hallábanse en un «mundo aparte», en el cual la entrada estaba prohibida a los extraños.

Ella y él. Lo mismo en Nuevo Paraíso que en cualquier parte del mundo surgía «el eterno dúo».

—Tenía que ser y ha sido, princesita. ¿No comprendes que no podías luchar contra la intensidad de mi amor?

—Apenas te conocí, empecé a sentir desapego por Jorge —confesó.

—Seremos dichosos eternamente —dijo Max, como todos los enamorados—. Tu camino será de rosas, con las espinas cuidadosamente cortadas por M. R. ¿Crees que sabré hacer de jardinero...?

—¡Supiste hacer de Robinsón...!

—Diana...

—Repítelo.

—¿Cómo?

—Te hago burla. ¿No ibas a decir: «Diana, repítelo...»? Rio él.

—Diana, repítelo.

—Te quiero, Max.

—Te quiero, Diana. ¡Ahora o nunca!

—... por eso celebro haber contribuido a que este matrimonio se celebrase. —Se oyó la voz del sueco Andersen, que comenzó hacía rato su discurso, que en apariencia escuchaban todos, pero que nadie «oía»—. El mundo entero debe seguir el camino recto y formar hogares cristianos y austeros donde...

—¡Oh Max! ¿Qué dirá tía Marieta cuando lo sepa?

—Si ha vuelto ya del síncope que sin duda le habrá producido nuestra desaparición, reaccionará bien; por supuesto, llorando amargamente, como de costumbre.

—Y tu tío Benjamín, ¿se alegrará cuando se lo escribas...?

—¡El buen vejete! Claro que se alegrará. ¡Qué ajeno estará en este momento del sitio donde me encuentro...!

(Pero en esto se equivocaba Max Reinal.)

—... las bajas pasiones están más y más exaltadas en el mundo, y por ello me felicito del aislamiento en que vivo...

—¿Y la Ballenita? ¿Qué dirá la Ballenita?

—Se casará con el príncipe.

(También en esto se equivocaba).

—... la vida de la naturaleza, la vida al aire libre, sin prejuicios ridículos, pero sin libertades desvergonzadas... —seguía la voz de Andersen.

Gunnar, el yerno de cabeza rapada, levantó ligeramente su copa y pronunció su brindis a media voz, sonriéndoles:

—*Skoal!*

Los novios respondieron levantando también su vaso.

—... por todas estas razones, creo obrar bien inculcando a mi familia el amor a la soledad... ¿Qué hay? —La pregunta fue hecha a uno de los criados que, interrumpiéndole su bella pieza oratoria, le entregó un papel doblado sobre una bandejita. Andersen lo leyó, su rostro se iluminó con amplia sonrisa y se excusó—: Discúlpenme unos instantes. —Dicho lo cual salió precipitadamente del comedor.

En el salón contiguo, una magnífica gramola dejaba oír suaves melodías que llenaban las amplias habitaciones y se perdían por los espacios de Nuevo Paraíso, mientras las poderosas mandíbulas de los suecos engullían incalculable cantidad de pasteles. La robusta señora Andersen tenía sobre su plato un descomunal trozo de bizcocho, que se complacía en cubrir de mermelada de ciruelas. Apenas las bandejas quedaban vacías, eran reemplazadas por otras nuevas, con flanes oscilantes o con helados duros como roca. Con toda seguridad, el principal entretenimiento de aquella familia, cuya vida carecía de otros atractivos mundanos, era el comer, lo cual hacían a conciencia. Sin embargo, ninguno estaba gordo. Por el contrario, conservábanse esbeltos por el ejercicio, flexibles y ligeros.

Andersen volvió y ocupó su puesto a la cabecera, conservando en sus labios la misma sonrisa enigmática. Dudó entre continuar el interrumpido discurso o declarar la guerra a una tarta que había a su lado. Optó por lo último, clavándole despiadadamente el cuchillo.

Cinco minutos después, cuando ya de la tarta no quedaba más que el recuerdo y siendo sustituida por una bandeja de melocotones en compota, el criado se aproximó de nuevo y, tras misterioso cuchicheo, Andersen levantose con aire triunfal, hizo signos con la mano para que todos guardaran silencio y habló:

—¡Tengo que comunicarles algo importante! Bendigo al Señor, que me permite ofrecerles una sorpresa semejante en la noche de sus bodas. ¡Advierto a todos que han llegado más forasteros a Nuevo Paraíso...!

Un coro de voces sorprendidas acogió sus palabras.

—¿Cómo? ¿Qué dice?

—El barco de esta joven pareja que hemos recogido bajo nuestro techo ha venido a buscarlos.

—¿El *Bengala*? ¡No puede ser!

—¡Imposible! ¿Cómo iba a figurarse que estábamos aquí?

—¡No será el *Bengala*!

Impuso de nuevo silencio.

—Es indudablemente el *Bengala*. Ustedes ignoran que poseo en Nuevo Paraíso una potente emisora de radio. Apenas llegaron, conseguí ponerme al habla con el *Bengala*, anclado en Trípoli. Por este medio me enteré de que, si bien era cierta su desaparición de ese barco, no fue debida, como pretendían, a un accidente, sino voluntaria. Por eso he insistido en que esa boda debía celebrarse en mis dominios, y mejor esta noche que mañana. Esperaba que de un momento a otro se presentase la familia de ustedes. No me gusta dejar las cosas a medio hacer. Odio los caminos tortuosos y...

—Bien... ¿Y qué más dijeron en el *Bengala*? —preguntó Max, cortando el nuevo discurso que se avecinaba.

—En cuanto supieron dónde se hallaban, salieron para acá. Ese era mi secreto.

En medio de la sorpresa, Diana y Max no pudieron menos de sonreír.

—¿Entonces es cierto que ha llegado a la isla?

—Está anclado en el centro de la bahía. Por radio han pedido permiso pata desembarcar. Yo lo he dado para que bajen a tierra tres personas solamente.

—¿Y... han venido...?

—Esas tres personas esperan en uno de los salones. Si les parece, daremos orden de que las introduzcan aquí para que tomen parte en la fiesta de boda.

Max y Diana se levantaron a un tiempo, presintiendo que llegaba el instante de afrontar los hechos y explicar a sus amigos la verdad estricta de lo ocurrido, por muy absurdo que pareciese. ¡Qué importaba, si el resultado era que ellos estaban casados, unidos para siempre...!

—¡Ahora o nunca, Max! —bromeó Diana—. Llega el momento de purgar nuestros «impulsos».

Antes de que concluyera la frase, ya Andersen se aproximaba a la puerta e introducía a tres personas, dos de ellas familiares para Diana: Leo y doña Marieta. La tercera... No tuvo tiempo de dudarlo. Max hizo un gesto brusco que derribó la silla tras él y vació una copa de champán sobre la mesa, a la vez que exclamaba sin poder dar crédito a sus ojos:

—¡Tío Benjamín...!

Nada pudo compararse a la impresión de doña Marieta al entrar en aquella habitación fantástica. Mucho tiempo después, en su casita de Nápoles, referíalo así a sus amigos, en una de aquellas tertulias de jueves y domingos:

—Imagínense ustedes un salón inmenso. Una mesa inmensa. Fuentes inmensas de plata, atiborradas de comestibles exquisitos. Y cerca de cincuenta personas (doña Marieta exageraba, doblando el número) vestidas con túnicas y sandalias, como Nuestro Señor Jesucristo. Todos altos, rubios, colorados e impresionantes. Hubiera gritado de susto, pero sonreían y parecían bondadosos. Con ser mucho, esto no fue todo. Lo más sorprendente era la belleza irreal que distinguí entre aquel maremágnum de cabezas: mi sobrina Diana, ¡vestida de novia!, de raso blanco, con velo semejante a una espuma. A su lado, con los ojos desorbitados, mirando a su tío, estaba el bribón de Max. Todo empezó a darme vueltas, y me hubiera desmayado si Leo, que desde que entró había olfateado el champán, no me hubiese dado una copa en aquel instante. Don Benjamín, como un dios justiciero, miraba también a su sobrino con los ojillos echando chispas y los brazos cruzados en actitud expectativa, importándole un ardite los suecos, el palacio, las túnicas y las barbas. ¿Se figuran bien la escena...?

Los contertulios de doña Marieta asintieron, incapaces de tragar saliva y menos aún el chocolate, que se enfriaba dentro de las tazas. Y ella, satisfecha del efecto causado, ofrecioles la bandeja de las rosquillas caseras y continuó, con lágrimas de emoción:

—Jamás olvidaré aquello, *cari amici!* Y después...

Y sin respirar, la anciana señora continuó refiriéndoles sus aventuras a aquellos fieles amigos.

XXVII

SERMÓN PARA MAX

—¡Un insensato! ¿Lo oyes bien? ¡Un insensato! ¡Te creía capaz de muchos disparates, pero de este tan enorme, no! Fundar ese negocio absurdo, grotesco, ridículo; emplear una bonita suma de dinero y luego abandonarlo a manos extrañas, como si el dinero de tu tío no tuviese importancia. ¡El sagrado dinero de un hombre que lo ha ganado a fuerza de trabajo! ¡Insensato! ¡Mala cabeza! ¡No tienes remedio! Pero ¡ah!, te escarmentaré. Y tú, niña, no me mires con esos ojos tan tristes.

La escena tenía lugar en uno de los salones del palacio de Andersen, que este les cedió para que hablasen a solas y donde se estaba desarrollando una conversación tormentosa.

Después de las disculpas y explicaciones de Max, tío Benjamín, acariciándose la sonrosada calva, según su gesto favorito, empezó a colmarle de adjetivos poco agradables. Por último, acababa de encararse con su nueva sobrina, cuya belleza no dejaba de apreciar.

La cuarta y última persona allí presente era doña Marieta, que, hundida en un sillón, miraba ora al viejo, ora a Max o a Diana con ojos implorantes, como si fuese ella la víctima.

—Perdone, tío —repuso la muchacha—. No crea que le quito la razón en todo lo que dice. Es indudable que Max obró a la ligera marchándose del *Bengala*, pero es cierto que él creía dejarlo en mis manos, que era, como si dijéramos, socia fundadora.

—Eso no excluye su culpa. Tú le quitas importancia porque le quieres. Sí. Has sido tan bobita que te has enamorado de él. Pero ¡ruibarbo! ¡También tú hiciste mal en alentarle a poner ese absurdo negocio!

—Ese absurdo negocio, como tú lo llamas, no ha sido un fracaso, tío. Comprendo que hubiera sido más razonable poner una fábrica de pastillas de chocolate, por ejemplo. —Ahora era Max quien hablaba—. Siempre te he dicho que me pierde la imaginación.

—La imaginación y ese espíritu de trotamundos que no consigo combatir, pero que derrumbaré o dejo de llamarme Benjamín.

—Lamento que las aventuras no te agraden. Sin embargo, si probases alguna vez a...

—Es inútil... He preferido toda mi vida recorrer los caminos seguros, con un guardia siempre al alcance de mi voz. Por eso no te comprendo ni te comprenderé.

—Bien, tío. —Diana metía baza—. Felizmente, las cosas se han arreglado mejor de lo que creíamos. El disparate no fue tan catastrófico como era de esperar. Max volverá a ponerse al frente de su Escuela y... nos convertiremos en personas serias. Yo se lo prometo.

—No sueñes, chiquilla. Jamás harás carrera de ese títere. El día que menos lo esperes, se levantará añorando el cielo de Singapur y se marchará sin decirte adiós.

—¡Es usted muy duro con Max, tío Benjamín! Solo piensa en sus pequeños defectos y olvida, en cambio, sus grandes cualidades, su corazón, su lealtad, su honradez...

—¡No te ha salido mal abogado, sobrino!

—No hemos venido aquí a amargarles el día de su boda —sugirió tímidamente doña Marieta desde el sillón—. Bien está que le haya recriminado, pero me parece que debemos considerar cancelado el asunto.

—De ningún modo. —Otra vez tomaba Max la palabra—. Soy yo ahora el que quiere dilucidar la situación. Tío: no soy ni un tonto ni un mentecato, y solo puedo responder a tu sermón con una frase: ¡tienes razón en reñirme!

—¡Ah! Menos mal que lo reconoces —comentó el vejete, gratamente sorprendido. Max, retador e impertinente resultábale familiar. Pero con gesto contrito no parecía él.

—Tienes razón... He sido un borrico que solo pensaba en vivir al minuto. De ahora en adelante, todo cambiará. Me he casado.

—Sí. Es lo único bueno de cuanto hiciste en toda tu vida.

—Tengo que formar un hogar. Conozco lo más grande que puede conocer el hombre: el amor. Adoro a Diana y por ella seré capaz de todo. Tío... ¡dame un cigarrillo!

—¿Un... ci... ga...rri... llo...? ¿Dices que te dé uno de mis cigarrillos...?

—Eso digo. Trae acá esa cajetilla. —La cogió y sacó un cigarrillo, que encendió con rapidez—. No cabe duda de que la presentación es excelente y... ¡caramba!, pero si *casi* son buenos...

Allí estaba otra vez el Max burlón que don Benjamín temía.

—Bien. Has dicho que piensas convertirte en un hombre serio. ¿Qué entiendes por eso...?

—Me figuro que tendrá que ser un hombre serio el director gerente de todas las fábricas de cigarrillos «Benjamín», los mejor presentados y más finamente hechos del mundo. Eso es lo que seré. Tu ayudante y sucesor. ¿No es el sueño dorado de tu vida?

Don Benjamín miró los ojos burlones de Max y comprendió que, a pesar de todo, por primera vez en su vida lo veía hablar en serio.

—Sí, lo es —respondió con firmeza. E impulsivamente le tendió la mano—. Pero..., pícaro..., ¿qué harás ahora con esa ridícula escuela para nuevos ricos? ¿Hundirla en el océano con todos sus ocupantes?

—¡De ningún modo, tío! Me he comprometido y cumpliré mi palabra. El *Bengala* hará este primer curso de dos meses, y cuando termine marcharé a Río.

—Si antes no has cambiado de opinión, ¿no?

—Eres un desconfiado. Me lo merezco. —Lanzó una bocanada de humo del pitillo y declaró—: ¡Esto se ha acabado definitivamente! Para que confíes en el porvenir, y para tener yo mismo el mayor aliciente, haré el máximo sacrificio que se puede exigir a un hombre. —Señaló a Diana, que, sonrosada y alegre, escuchaba atentamente—. Te la llevarás a Río de Janeiro contigo, y allí me esperará preparando nuestro hogar.

—¡Max...!

—¡Sobrino! ¿Sabes lo que dices..:.?

—Lo hago por ella. Quiero que vea que soy un hombre con energía y entereza, capaz de hacerla feliz no solo ahora, sino toda la vida. Con el dinero que me produzca este curso del *Bengala*, habré amortizado los gastos del arreglo, tripulación, etc. Podré devolverte casi todo lo que me diste, además de contar con el barco, que es de Diana.

—Pero, Max, querido sobrino. —Doña Marieta, la del corazón compasivo, se levantaba del sillón para tratar de arreglarlo todo—. No veo la necesidad de que Diana se marche del *Bengala*; puede hacer el curso como pensábamos y luego...

—Necesito rehabilitarme ante mí mismo. ¿Tú qué dices a esto, amor mío?

Diana miró a Max y sus ojos expresaron cariño y confianza sin límites.

Volviose hacia tío Benjamín:

—Haré lo que Max diga, si él cree que es lo mejor... Es el hombre más maravilloso del mundo y yo le adoro.

Ante estas razones, don Benjamín Rainal nada tuvo que añadir. Su calva tomó un tinte rosado y, volviéndose hacia la anciana, que parpadeaba rápidamente para no llorar, le indicó que su presencia allí no era necesaria. Ambos salieron en dirección al comedor, de donde aún surgía rumor de fiesta, a la que con seguridad prestaba Leo toda su animación.

Diana rodeó con sus brazos el cuello de su marido y quedaron en silencio, gozando de aquel minuto de infinita ternura.

—Diana —dijo él suavemente—. ¿Sabes que, a pesar de la regañina de mi tío, estoy muy alegre...?

—Yo también...

—El motivo lo sabemos los dos, ¿verdad, tesoro mío? Y es que estamos casados. ¿Te das cuenta de lo que significa? Nos queremos y tenemos la vida por delante, la vida llena de amor. Olvidemos, pues, todo lo demás. —Rio gozosamente y dijo—: Diosa, repite aquello...

—¡Te quiero, Max!

—¡Dios te bendiga! Olvidemos al mundo, olvidemos a todos. ¡Esta es nuestra noche! Nadie puede evitar que Dios nos haya unido para siempre, ¿oyes? Para siempre...

—Para siempre —repitió ella como un eco.

La luna, su vieja amiga, brillaba afuera, inundando de plata la isla de Nuevo Paraíso.

XXVIII

LA PALABRA DE MAX

—¡Tengo una cosa para ti, sobrina!

Tío Benjamín, al decir esto, agitó en el aire un sobre abultado, tendiéndoselo a Diana, que lo cogió con los ojos brillantes de alegría.

—¿Carta de Max...?

—Sí, bobita, sí. ¡Carta de tu marido! Ya puedes retirarte a cualquier rincón para leerla. Luego me dirás qué cuenta ese pillo y cuándo viene para acá.

Diana besó a su tío y se alejó en dirección contraria por el parque, en el que habíanse encontrado. Como hacía todos los días a aquella hora, dirigiose hacia el edificio que, en tiempos anteriores a don Benjamín, había sido pabellón de caza y ahora iba a convertirse en el hogar de Diana y Max. Tratábase de un chalet espacioso, con grandes ventanas y muros de piedra gris, por los que trepaban pequeños rosales, jazmines y buganvillas, que encantaban la vista. Tío Benjamín tenía dispuesto que el matrimonio se instalase allí —una vez que Max y el *Bengala* arribasen a Río de Janeiro—, pues adoraba sobre todas las cosas su bendita independencia: «Cuando yo falte, la villa, la finca entera, las fábricas y toda mi fortuna serán vuestras. Pero mientras viva, quiero seguir disfrutando de mi egoísta soledad de solterón».

Y Diana, que también adoraba la independencia, aceptó encantada y, poco a poco, con enorme ilusión, había ido instalando, con el dinero que Max le enviaba —Max era un orgulloso que deseaba debérselo todo a su propio esfuerzo—, un hogar encantador en el que diariamente pasaba algunas horas, añorando su regreso.

Pronto haría ya dos meses que salieron de Nápoles en una bella mañana primaveral. Y mes y medio que abandonaron la isla de Nuevo Paraíso, siendo despedidos afectuosamente por la familia Andersen en pleno, a la cual dejaron con verdadero sentimiento.

—Alguna vez volveremos —habíale dicho Max cuando se perdía de vista la silueta de la isla—, rezaremos en esa capilla donde nuestro matrimonio ha sido bendecido, cantaremos con los Andersen uno de sus himnos de Acción de Gracias y nos bañaremos en una de las magníficas piscinas.

—Y también iremos a la Isla de los Pájaros a atracarnos de dátiles —repuso ella.

Y así, sencillamente, habíanse alejado de aquellos extraños amigos y del interesante lugar en donde, por capricho inexplicable, unos hombres del norte instalaron su nueva patria.

En la isla quedaba la bella Ingrid, la del espíritu inquieto, cuyos ojos no parecían tristes entonces: el pícaro de Leo habíaselas agenciado para procurarse una invitación del propio Andersen, alegando cierta amistad común con un sueco compañero del millonario, y quedaba también en Nuevo Paraíso, preso en los encantos de la hija menor del «patriarca». ¿Se resignaría al fin, como Gunnar y Moller, a vivir y a morir en aquel territorio? Diana estaba segura de que no. Y creía firmemente que cualquier día inesperado se encontraría en España con el señor y la señora Rull, la cual habría conseguido al fin su deseo de vivir en el mundo.

Abrió Diana la puerta del pabellón y volvió a cerrar tras ella, recreándose en la contemplación del interior, en donde reunió los muebles y objetos que le gustaban. En aquel sillón, al lado de la ventana, esperaría a Max cuando volviera de su trabajo. Y en el sofá, frente a la chimenea, pasarían las veladas de invierno contándose sus impresiones del día.

Rompió el sobre de la carta. Estaba fechada en Nápoles pocos días antes y había llegado por correo aéreo. Decía:

«Princesita mía: Acabamos de llegar a este puerto y quiero enviarte unas líneas. Estoy solo a bordo. El *Bengala* dejó de ser, hace dos horas, "Escuela para nuevos ricos" y se ha convertido en la celda de un solitario que pronto ha de volar hacia ti. Sí, princesita. Desembarcaron los discípulos, llevándose un agradable recuerdo del crucero (a pesar de las peripecias del comienzo), incluso la Ballenita, que "pescó" novio en Alejandría, un *baronet* francés, agregado militar de aquella Embajada, cargado de deudas y de años. Merecería algo mejor la chiquilla, ya que fue lo bastante buena para hacer las paces conmigo y no guardarme rencor, pero ella está contenta. Desembarcaron también los profesores, incluyendo tía Marieta y la princesa Nipoulos, que desde que en Trípoli accedió

a ocupar tu puesto en la Escuela ha trabajado brillantemente y a la que habrá venido muy bien el dinero que le
entregué como sueldo. Desembarcaron, además, los mú-
sicos de la orquesta y el servicio, quedándome solo, con
la tripulación justa, para ir ahí, hacia donde zarparemos
mañana.

»¿Puedes comprender la ilusión que tengo por verte,
Diosa? ¡Iría volando!

»Hubiera deseado llevarme a tía Marieta con nosotros. Pero ha cogido con gusto su pisito y sus amistades
y no hay quien la mueva de aquí por ahora. Más adelante, tal vez.

»Dile al pícaro viejo que agradezco que te haya comprado el *Bengala*, ofreciéndotelo después como regalo de
boda. Es un gran hombre, y sus cigarrillos no saben demasiado mal. Me ha hecho reír su idea de que todos los
años nos obligará a viajar en el barco durante tres meses,
para que calme mis ansias de cielos distintos. No es necesario, amor mío. En adelante me bastará, para ser feliz,
con el cielo que cobije tu cabecita. Y si este cielo es el de
España, mejor que mejor, por lo cual acojo también con
alegría el proyecto del tío de instalar una nueva fábrica
en nuestra patria.

»Dile también a ese fabricante de cigarrillos que mi
"Escuela para nuevos ricos" no era mal negocio. Salda-
remos cuentas, le devolveré el préstamo y emprendere-
mos una vida nueva de personas serias. De todos modos,
tendrías que haber visto a la familia Ballena, a la artista
de *variétés*, a los Calierno, a todos los discípulos, en fin,
comportarse correctamente en sociedad. ¿Cabría en lo

factible que algún filántropo instalase el día de mañana varios centros así...? ¡Quién sabe! Sería cosa de sugerírselo al sueco Andersen, que tiene tanto dinero para gastar.

»Pero no divaguemos. Que hagan los demás lo que quieran. Tú y yo... nos prepararemos para ser unos perfectos papás...»

Diana dejó la lectura, interrumpida por una llamada de teléfono. ¿Quién podría ser? Quizá tío Benjamín desde la oficina. Descolgó el auricular.

—¿Quién es?

—¡Conferencia transcontinental! Diana Carlier. ¿Está ahí Diana Carlier?

—¡Sí! Soy yo —gritó excitada.

—¡Aquí Max Reinal! ¡Dios la bendiga! ¿No me recuerda? Soy aquel chico que conoció en Madrid...

Gozosamente; casi sin aliento, dijo ella:

—¡¡Max!! ¿Eres tú, Max...? ¿Desde dónde hablas?

—¡Desde el fin del mundo! ¡Diosa, te quiero, te adoro...! Repíteme aquello que...

—¡Te quiero, Max...! Pero... ¿desde dónde...?

—No hay peros que valgan. ¿¡Estoy soñando o hablo con la señora de Reina!?

—Exactamente. La señora de Reinal. Pero oye, Max, ¿desde dónde me llamas...?

—¡Cierra esa boca adorada! Y prepárala, ¿sabes? ¡Prepárala!

—¿!?

Habían cortado la comunicación. Diana se apoyó en la pared, mientras la cabeza le daba vueltas. ¿Habría soñado? ¿Era cierta la conferencia...?

Con un inexplicable presentimiento abrió la puerta del pabellón y se asomó al pórtico perfumado y florido. Y allí, delante de su hogar, la encontró su marido, que a gran velocidad y con los verdes ojos terriblemente risueños atravesaba el parque.

Ninguno pronunció palabra en el primer instante. La emoción les impedía hablar y se contentaron con abrazarse estrechamente, saboreando la dulzura de su encuentro.

—Diosa, tesoro mío... Al fin he venido, al fin estamos juntos para toda la vida. ¿No he cumplido mi palabra?

—Sí, Max... Te quiero... ¡Nunca nos separaremos!

—Nunca, princesita...

Lentamente entraron en la casa, que él abarcó con la mirada, deteniéndose por último en los ojos de ella.

—Aquí será —dijo sencillamente—. Por fin sé lo que es un hogar. ¡Dios te bendiga, Diana, por bonita —la besó—, por buena —la besó— y por quererme! —la besó—. ¿Te ha sorprendido mi conferencia transcontinental... desde el despacho del tío...?

—¿Cómo has venido? Estaba leyendo tu carta fechada en Nápoles hace poco...

—Sí. Llegó en el correo aéreo anterior. ¿No te dije que deseaba «venir volando»? Pues eso hice. Volé.

Así era Max y sería hasta el fin de sus días. Impaciente en el último instante y capaz de realizar milagros con las distancias.

—El *Bengala* llegará dentro de diez días probablemente. Pero yo, princesita, no tenía paciencia para esperar.

Se dirigió al sofá, en donde tanto soñara ella esperándole, y como quien tomase posesión de su nueva casa se sentó, atrayéndola hacia sí.

—¿Ahora o nunca, Max? —dijo Diana, embriagada de dicha.

Pero él la corrigió. Y levantando el bello rostro hacia el suyo, declaró:

—No, mujercita. Esa frase ya no la usaré. En adelante diremos: «Ahora y siempre»...

FIN

OTRAS OBRAS DE **LUISA MARÍA LINARES**
PUBLICADAS POR **LA CUADRA ÉDITIONS**

Mi enermigo y yo.
Solo volaré contigo.
Esta semana me llamo Cleopatra.
Soy la otra mujer.

La Cuadra
— ÉDITIONS —

Made in United States
Orlando, FL
12 December 2024

55479548R00169